디어 마이 블랙독

디어 마이 블랙독

1판 1쇄 발행 2019년 6월 2일

글 · 그림 김늦가을
펴 낸 이 신혜경
펴 낸 곳 마음의숲

대 표 권대웅
주 간 이효선
책임편집 송희영
편 집 전태영
디 자 인 임정현 박기연
마 케 팅 노근수 허경아

출판등록 2006년 8월 1일(제2006-000159호)
주 소 서울시 마포구 동교로 144-13(서교동 463-32, 2층)
전 화 (02) 322-3164~5 팩스 (02) 322-3166
이 메 일 maumsup@naver.com
인스타그램 @maumsup
용지 신승지류유통(주) 인쇄 스크린그래픽 제본 (주)상지사P&B

ISBN 979-11-6285-031-2 (03810)

*값은 뒤표지에 있습니다.

*이 도서의 국립중앙도서관 출판예정도서목록(CIP)은 e-CIP홈페이지(http://www.nl.go.kr/ecip)와
국가자료공동목록시스템(http://www.nl.go.kr/kolisnet)에서 이용하실 수 있습니다.
(CIP제어번호: CIP2019020280)

친애하는 나의 우울에게

디어 마이 블랙독

글·그림 김늦가을

마음의숲

슬픈 과거와 불안한 미래 사이에서
우울한 오늘을 버티고 견딘 이들에게

프롤로그

#혼자서도 행복하고 싶어요

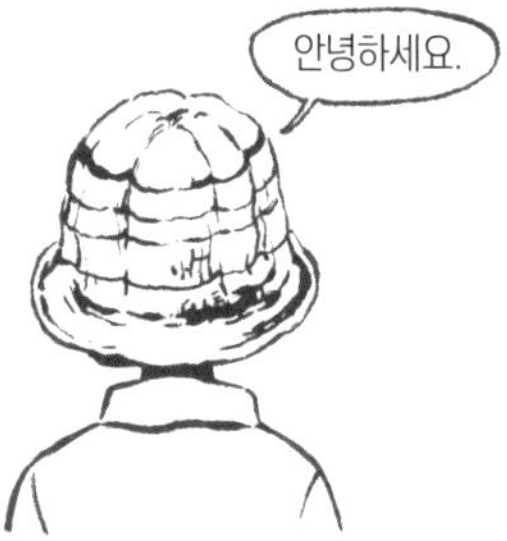
안녕하세요.

오느라 고생했어요.
아… 아녜요.

자…
어땠어요?
…

음…

많이…
힘들었어요.
띠용

저…
끼잉

회사에 다니고 있다.
부모님 두 분 모두 건강하시고 직장 동료와의 갈등도 없다.
마음 터놓을 수 있는 친구들도 있다.
운동을 꾸준히 하고 있고 취미도 즐길 줄 안다.
이루고 싶은 꿈도 있다.

그런 나는,
3개월간 자살 충동에 시달렸고,
반평생 동안 우울증을 키워왔다.
이것은 오로지 내 우울증과
치료과정에 대한 이야기다.

혼자서도 행복하고 싶어요.

목차

1장 무너진 마음을 발견하는 것

인생은 자전거를 타는 것과 같다.
균형을 잡으려면 움직여야 한다.
– 알베르트 아인슈타인

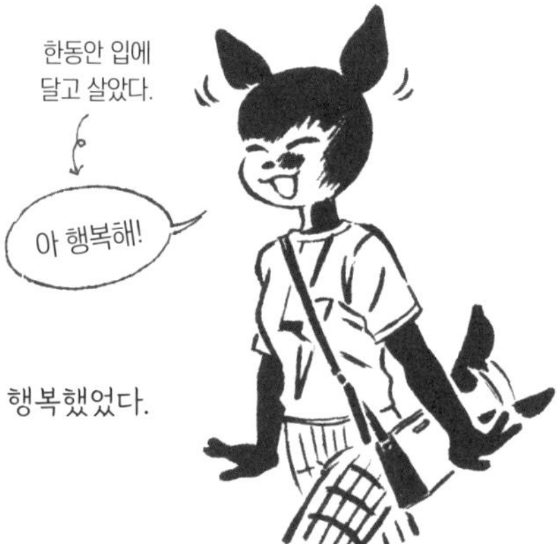
한동안 입에
달고 살았다.
아 행복해!

작년의 나는 굉장히 행복했었다.

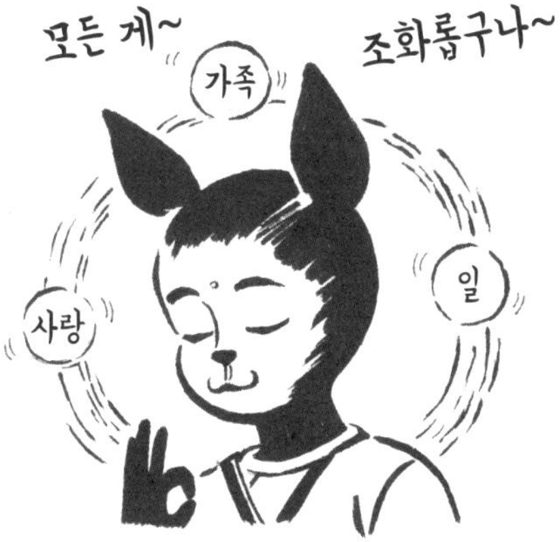
모든 게~
조화롭구나~
가족
사랑
일

살면서 처음으로 모든 게 안정된 것 같았다.

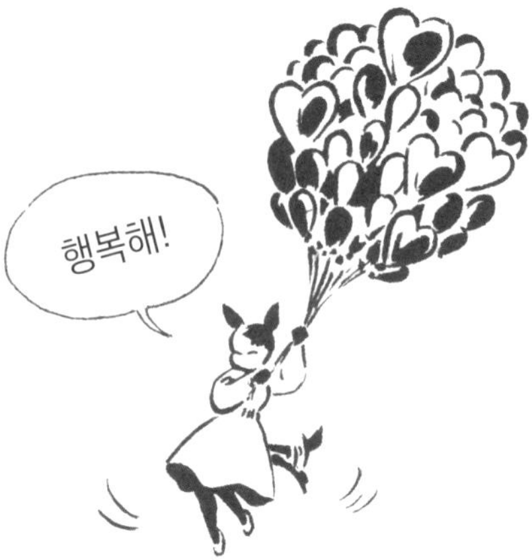
행복해!

그런데 행복하면 할수록
불안하고 조급해졌다.

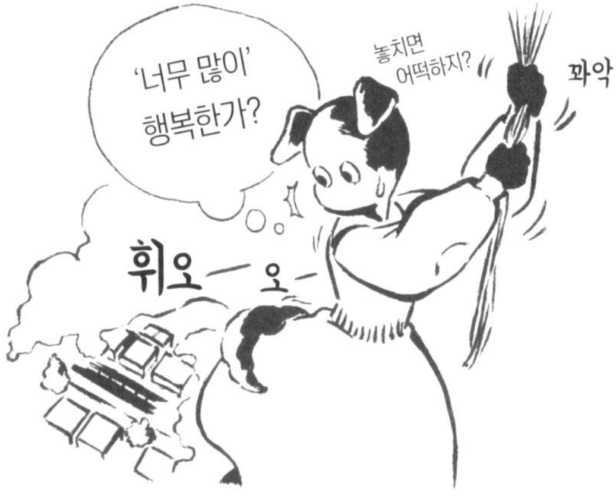
'너무 많이'
행복한가?
놓치면
어떡하지?
꽈악
휘오 — 오 —

분명 행복한데… 불안해.
모든 게 사라질 것 같아.
낑…
낯설어…

가끔 가볍게 이런 마음을 털어놓으면,
"누구나 다 그래"란 답이 돌아왔다.

좋게 생각해~
그냥 그럴 때도 있는 거지…
다 그래 다~
누구나 불안하고 우울할 때가 있지 뭐.
배부른 소리 하네!
복에 겨웠구만!

다들 삶이 허무하고
불안해서 미칠 거 같은 마음을
견디고 있는 걸까?
나만
너무 유난이네…

나는 너무 쉽게 사람들의 조언을 믿으며
'다들 그렇구나' 하고 넘겨짚었다.

다들 안고
사는 거니까…
나도
익숙해지겠지?
두근
두근

누구도 내 마음을 대신 알아줄 수 없었다.

내 마음은 내가 살피고 관찰해야 한다.

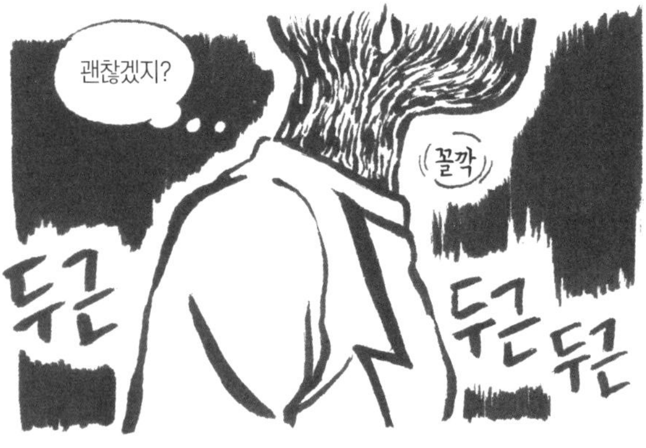
괜찮겠지?
꼴깍
두근
두근 두근

그 당시의 나는 그걸 간과하고 있었다.
내가 얼마나 아픈지 몰랐고
내가 아프다는 것조차 알아차리지 못했다.

남들도 다 그렇다면야.
난 내 이상에 도달할 재능이 없는 거 같아. 그렇다고 매진하고 노력할 용기도 없는 거 같고 그냥 평생 이렇게 어중간하게 마음의 갈피를 못 잡고 후회와 아쉬움으로 사는 걸까. 하지만 모든 생이 멸로 귀결되면 노력과 도전은 자기만족의 의미밖에 없지 않나…

마음의 지지대가 없는 사람

한 가지
생각에 대해
끊임 없이
깊 게
파고들 수
있는 걸
찰랑
찰랑
생각이
흐른다는 건
말하는 것
같다.

마음을 살필 줄 몰랐던 나는,
안타깝게도 생각이 흐르는 사람이어서
우울하고 부정적인 생각의 물꼬를
끊임없이 트고 또 텄다.

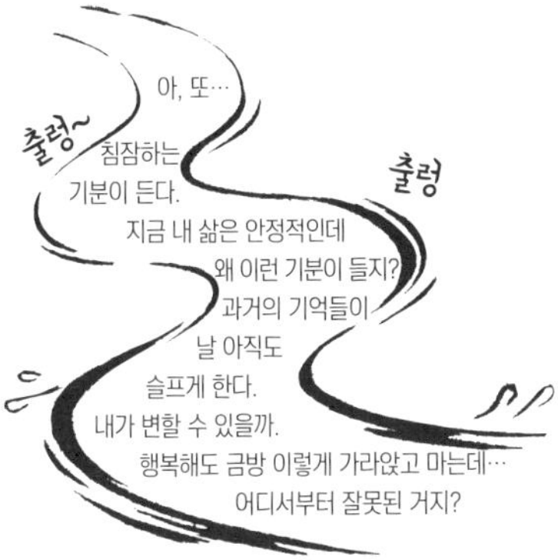
아, 또…
출렁~
침잠하는
기분이 든다.
출렁
지금 내 삶은 안정적인데
왜 이런 기분이 들지?
과거의 기억들이
날 아직도
슬프게 한다.
내가 변할 수 있을까.
행복해도 금방 이렇게 가라앉고 마는데…
어디서부터 잘못된 거지?

오늘 기분이 별로야…
콸-콸!
난 결국 고립되고 말 거야!
콸
콸

생각이 흐르다 보면
원래의 객관적 사실에서 상당히 멀어진다.

몸이 보내는 메시지
오늘 기분이 별로야…
1
음?
1
아니 오늘…
컨디션 좀 별로라고!
1
야! 야!!
(계속 안 읽음)
외면
난 늘
외롭고
우울해
…

밀려드는 우울에 잠겨
머릿속이 물먹은 스펀지처럼 무거워지면,
날 괴롭히는 생각들이 '사실'에서
멀리 동떨어진 것들이란 걸 잊게 된다.

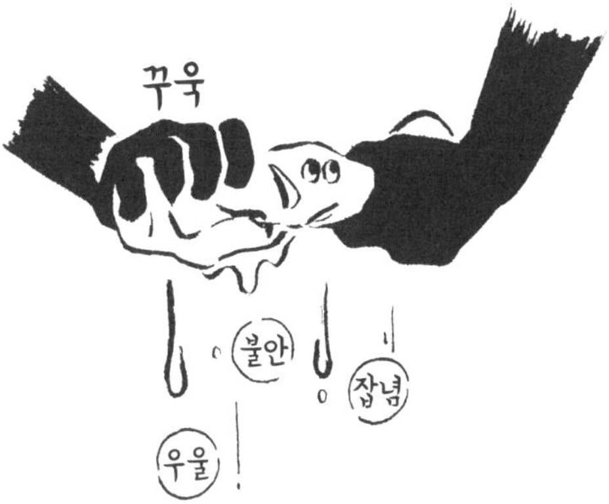

머리를 가득 채운 우울을 쭉 짜내도,

우울이 휩쓸고 간 자리에 남은 마음은 진창이 되고 만다.

꺄륵
견-
고
나는 나를 사랑해
나는 할 수 있어
나는 내 마음을 살펴
나는 장점이 많아

우울에 휩쓸리지 않도록 잡아주고,
외부 영향에도 구심점이 되는 것이 '지지대'라면
'마음의 지지대가 없는 사람' 그게 나였다.

데굴
데굴
퍽!
철-

진창이 된 자리에는
무언가를 세우려고 해도
쉽게 무너진다.

기우-뚱
?
치아라 마…
나는 괜찮…나?

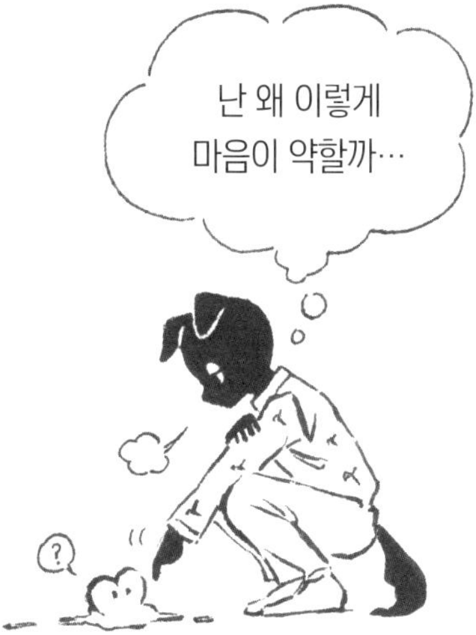
난 왜 이렇게
마음이 약할까…

질척이는 땅은 굳을 시간이 필요하다.
그걸 몰라서 도무지 단단해지지 않는 내 마음만 탓했다.

난 꿈이 있어!
혼자서도 즐거워!
행복해!
멋져
멋져

마음이 약한 게
나도 모르는 사이
콤플렉스가 되었는지
마음이 강해 보이는
친구들에게 끌렸다.

오옹~
여유~
느긋~

지난 1년간 친구이자 연인이었던 이 친구도
내겐 건강해 보였다.

이게 맞나?
저게 맞나?!
현실!
이상!
끄응…

남의 말과 시선에 쉽게 흔들리는 나와 달리
자신의 생각에 귀 기울이는 이 친구… 참 부러웠다.

음-
말하다 멈추고
생각을 정리한다.
또
생각한다!

나도
이 친구처럼
느긋하고
여유 있었으면-

연인이면서
동시에 내가 바라던 내 모습과
겹쳐 보이던 그에게
나는 마음의 지지대를 놓았다.

여기!
이쪽으로!!
엥
위잉-
얘만 믿자

넌!
독립적이고
자유롭고
지혜로워!
다 내가 갖추고 싶은 것들.
휙♡
휙♡

일방적으로 내 이상을 덧씌웠고
내 마음과 생각을 살피기보다
상대의 생각과 말에 의지했다.

뭐 하고 싶어?
뭐 할까?
총 총 총

나… 너무
의지하게 된 거
같아.
…
멈칫

이래선 안 된다는 생각이
마음 한편에서 커져갔지만,
상처투성이인 내 마음보다
이 친구를 좋아하는 것이 훨씬 쉬웠다.

에이… 뭐…
안 좋은 생각 하지 말자!
찌걱

널
좋아해!
그러니까
'이런 나'도 전부
이해해주면
안 돼?

좋아한다는 말로
나도 잘 알지 못하는 내 마음을 알아주길 바라고

진짜
좋아한대도?
그러니까
회사도 다니기 싫고
꿈을 도전할 용기도 없는
이런 엉망진창인
나 좀 제발
어떻게 해줘!

좋아한다는 말로 나도 해결하지 못한
내 고민들을 풀어주길 바랐다.

나는 이래!
나는 요래!

연애가 두 사람이 만나
서로의 빈 부분을 채워주는 거라면,
나는 상대를 채워줄 생각도 없이
내 병들어 텅 빈 마음만 들이밀었다.

...
왜 아직도 이 정도밖에 안 차 있는 거야? 너한테 난 이거밖에 안 돼?
너 아니어도 나 너무 힘들어…

아니야
아니야
무서워 무서워
가지 마
아니야
끝난 거 아니야!

지칠 대로 지친 상대의 빈껍데기를 부여잡고
한참을 이기적으로 연애하던 내게 남은 건

아니야…

사랑이었을까. 미련이었을까. 오기였을까.

계속 나를
안심시켜줬으면
좋겠어… 나 너무
불안해…
확신을
줘!
방향을
제시해줬으면
나를 이끌어
줬으면.
무서워.
내가 아무리
밀어내도
곁에 있어줬으면
…
날 무조건
좋아해줬으면.
불안해.

다만 이 모든 불온한 감정이 뒤엉켜
곪아 있던 내 마음을 벼랑 끝으로 내몰았고

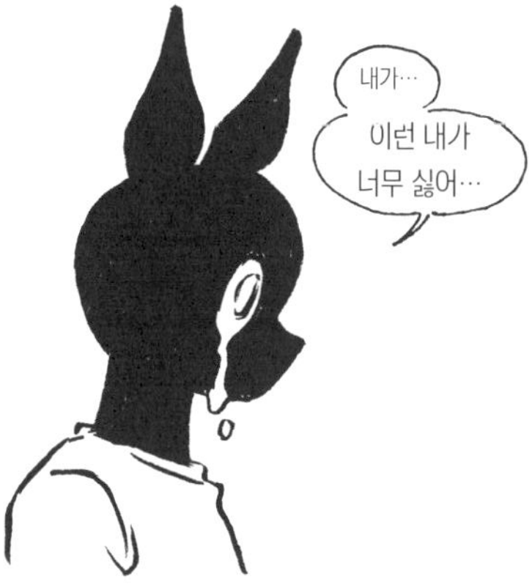
내가…
이런 내가
너무 싫어…

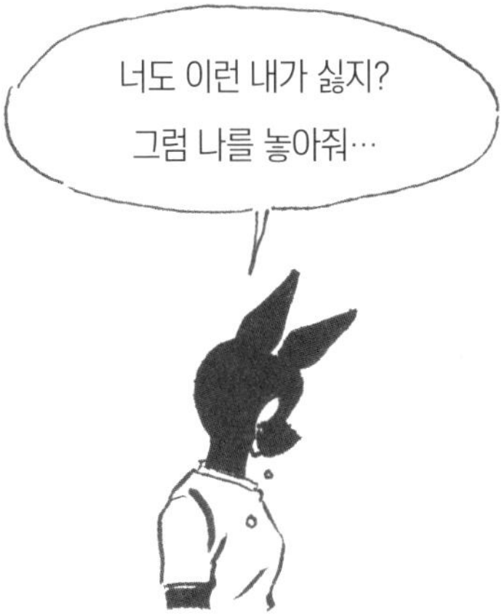
너도 이런 내가 싫지?
그럼 나를 놓아줘…

커다란 불안이 되어
긴 세를 좀먹었다.

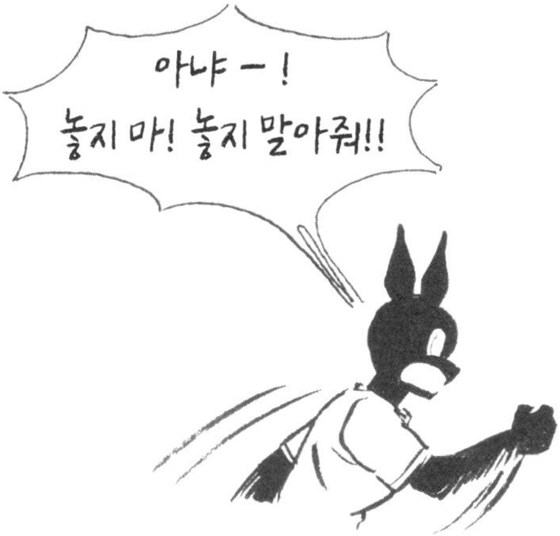
아냐 ㅡ!
놓지 마! 놓지 말아줘!!

미… 미안
나 좀 지탱해줘…
어푸푸푸…
우울해.
힘들어.
나…
왜 이럴까…
혼자선
못 버티겠어…

사랑을 핑계 삼아
상대에게 내 마음을 떠넘기고 의존하면,
혼자서는 밀려드는 우울을
막지 못하고 표류하게 된다.

철—썩

운이 좋다면 계속해서
우울로부터 벗어나는 도움을 받겠지만
그건 참 명백한 이기심이자 나약함.

너무 힘들고 무서웠어.
도와줘서 고마워.
'다음'에도 부탁할게!
점점 나아질 거야.
약속할게.
헉…
헉
…

나를 깊은 우울에서 건져올린 상대는
힘들고 지칠 수밖에 없다.

헉
헉
헉

그렇게 나는 이별을 했고,
불행히도 안 좋은 일들이 겹쳤다.

내 몸이 왜 이렇게
망가졌지…
가족들도
다 힘든데…
난 왜 이러는 거야
통제가 안 돼…

내 마음은 균형을 잃고 어그러졌고

우울에게 물어뜯겼다.
내 마음의 주인은 내가 아닌 우울이 되었다.

아픔은 무지함에서 시작된다

에취
이취
콜록
콜록

우울증은 마음의 감기라는데,

두근
두근
두근

감기가 오래가면 병원에 가봐야지.

우왕-
좌왕-
심장이 너무 빨리 뛰어.
잠을 못 자겠어!
안 좋은 기억들이 떠올라.
너무 괴로워!
아무것도 못하겠어.
나 어떡하지?

왜 나는 주변 사람들에게 내 증상에 대해 묻고
쉽게 자가진단을 내렸을까.

봉사활동을 해보면?
상처 준 사람들을 실컷 미워해!
샤워하고 음악 듣기…

감기에 민간요법이 통하듯,
도움될 만한 조언들이었지만

나는…
왜 나아지지 않는 거야…
아파
다른 사람들은
알아서 잘 이겨내잖아
왜 유난이야.
아파
아파
또 시작이네.
나 평생 이럴까.
아파
아파
약해 빠져선…
미성숙해.

내 병이 감기가 아닐 수도 있다는 걸
마음이 눈에 보이지 않아 간과했다.

빨리 나아야 해.
안 그럼 내가
이상한 거야…

친구들을 만나자!
자꾸 안 좋은 생각이 들어
여행도 가고 …
아프고 무서워.
그러다 보면… 괜찮아질 거야.

그렇게 나는 쏟아지는 감정들을
부정하고 외면하려 애썼다.

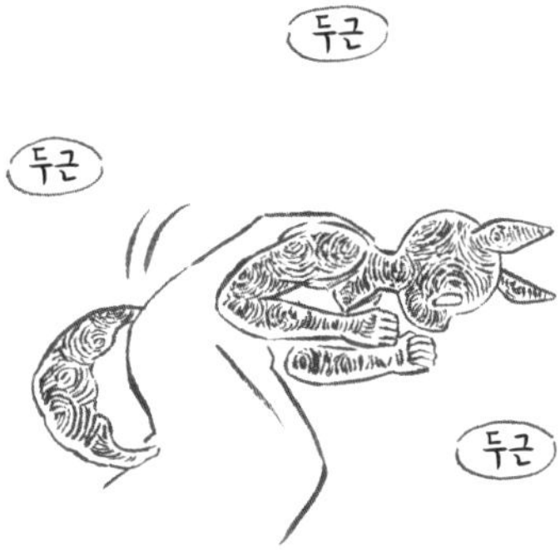

병을 키운 건 상처주는 말도
버겁고 힘든 상황도 아닌
나의 무지함.

내가 이상한 게 맞을지도 몰라.

불행은 무리 지어 다가온다

소독은 끝났고
임신, 출산 계획 있나요?
끼잉…
따가워…

나는 몰랐다.

넹?
재발하면 난임이 될 수 있는데,
이게 재발을 잘하는 병이라…
계획이 있다면 빨리 낳는 게 좋아요.
관리도 꾸준히 하고…
쭈-
욱

남들보다 임신이 어려울 수도 있어요.
나… 엄마가
못 될 수도 있구나.
…
저벅
저벅

세상을 살아가는 데 당연한 것은
그다지 많지 않다는 걸 몰랐다.

늘 믿음과 사랑을 주는
엄마가
되고 싶었는데…
지이이잉

응, 엄마.
응… 아냐 아냐, 괜찮대. 아물었대.
응… 근데 엄마, 목소리가 왜 이렇게 안 좋아?
무슨 일 있어?

빠져나오려고 붙잡은 것이
같이 무너져 내릴 수 있다는 걸.

아빠 사업이 조금
힘든 거~

응… 알겠어요.
응, 괜찮아. 이따가 집 가면
얘기해요. 응- 끊을게요.
툭

삶은 내 의지와 상관없이 흘러가고
그게 때론 버거워 숨이 차오르기도 한다는 걸 몰랐다.

…
툭

아니, 어쩌면,

몰라도 된다고, 몰라도 될 거라고 생각했다. 나도 모르게.

그래…
나이가 몇인데 이런 일로
부모님께 걱정을 끼치냐.
혼자 알아서
해야지…

몰랐다는 말로 덜어낼 수 없는 삶의 문제들은
오롯이 내 몫이었다.

아무도 나를 이해할 수 없어…
내가 정말 힘들었을 때
가족들조차 내가
힘든지 몰랐으니까.
난 혼자야…

우울은 피해의식을 기반으로 사고하게 한다.

비참해…
아무도 나를 제대로
봐주지 않아.

우울은 사람을 자기연민에 빠지게 한다.

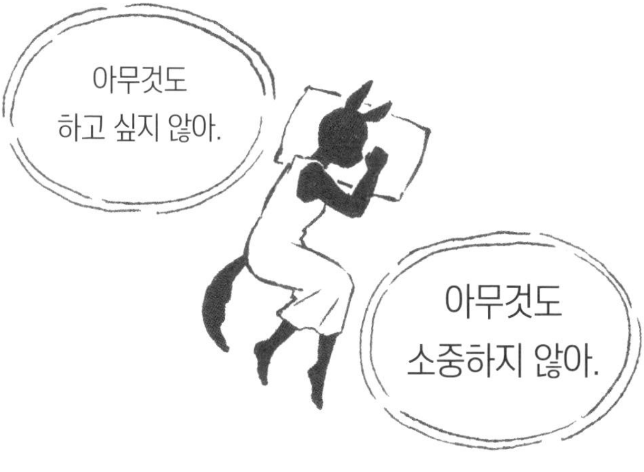
아무것도
하고 싶지 않아.
아무것도
소중하지 않아.

우울은 사람을 무기력하게 만들고,

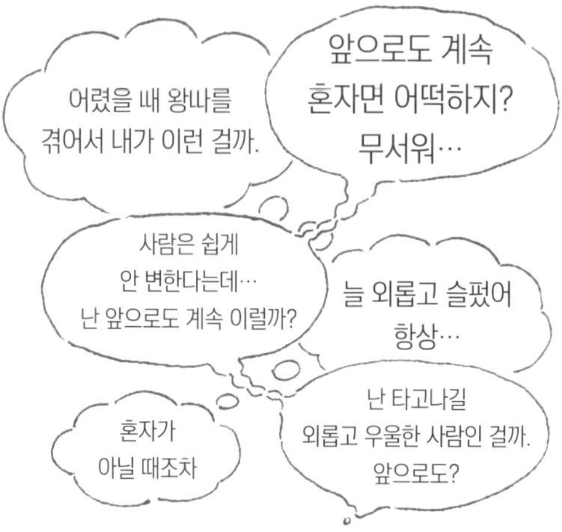
어렸을 때 왕따를 겪어서 내가 이런 걸까.
앞으로도 계속 혼자면 어떡하지? 무서워…
사람은 쉽게 안 변한다는데… 난 앞으로도 계속 이럴까?
늘 외롭고 슬퍼어 항상…
혼자가 아닐 때조차
난 타고나길 외롭고 우울한 사람인 걸까. 앞으로도?

우울은 과거의 기억과 미래의 불안을 오가게 한다.

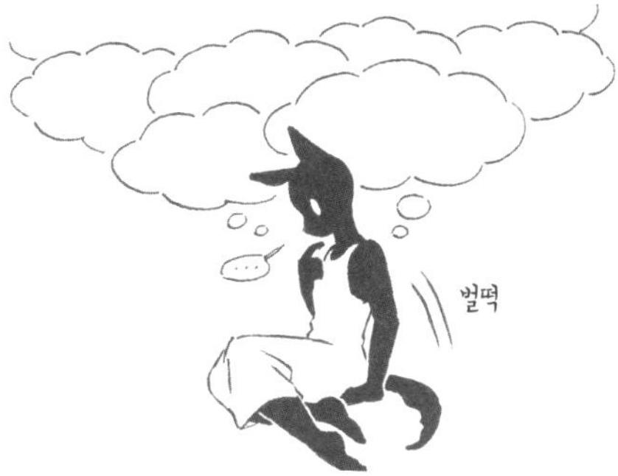
…
벌떡

우울은 사람을 정신적으로도,
육체적으로도 힘들게 한다.

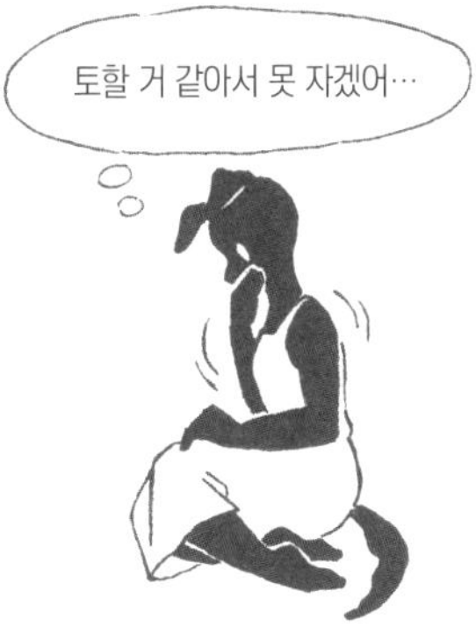
토할 거 같아서 못 자겠어…

잠을 잔 건지
안 잔 건지 모르겠어…
우울은,

횡단보도의 흰 칸들 사이를
슥

깊고 어두운 골짜기로 만든다.
우뚝

미
끌

누구나 다—
그러고
살아
유난
떨지 마
네가
우울할게
뭐 있어?
도무지 이해가
안 간다
내가 더
많이
힘들어
예의차릴
가치도 없다, 넌!
왜 아직도
힘들어 해?
털어낼 때도
됐잖아?
그게
그렇게
힘들 일
—인가?
너만
생각하지 마
배가 불러서
그래—
평생 그렇게
남 눈치나 보고
살 거야
넌

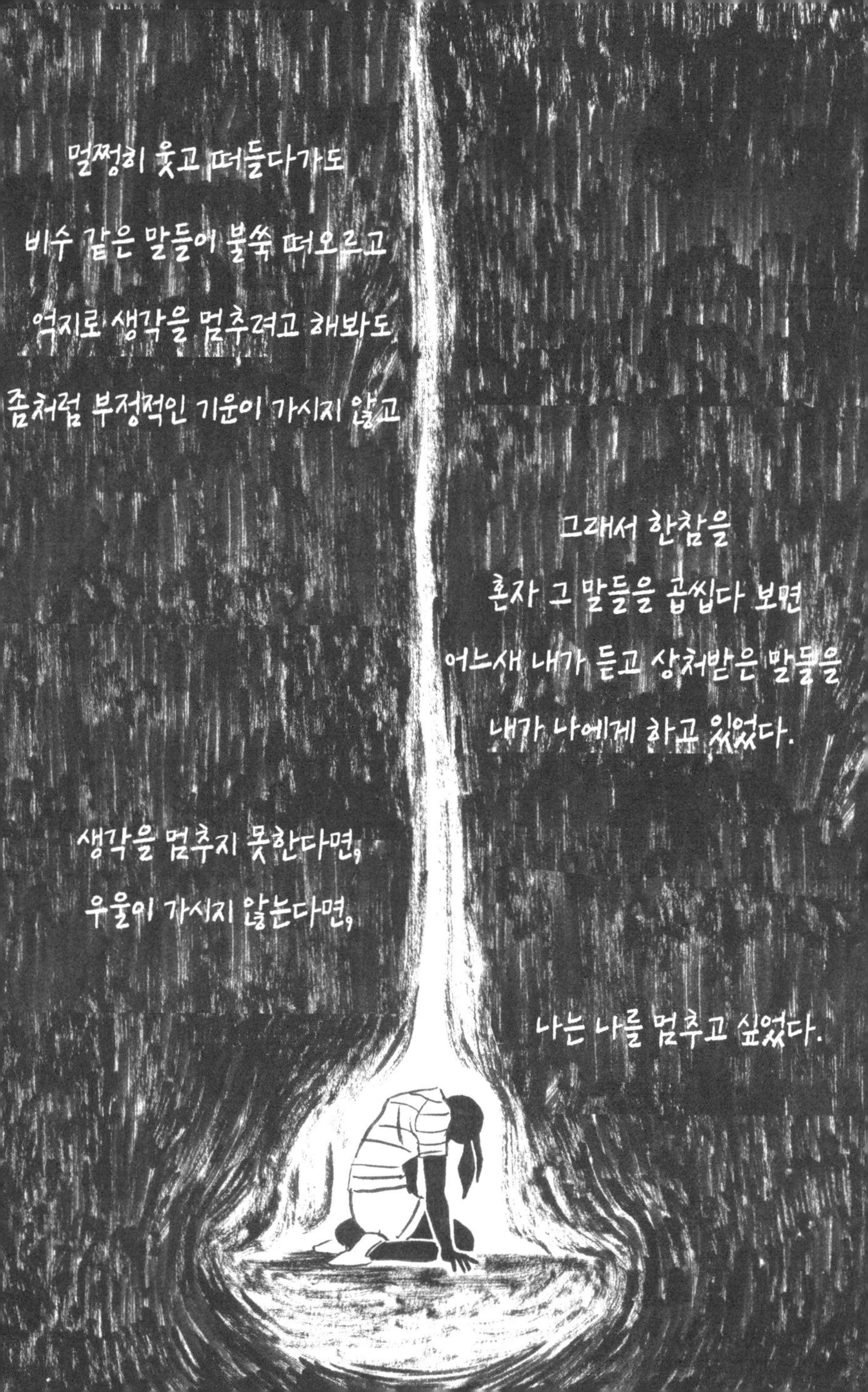
멀쩡히 웃고 떠들다가도
비수 같은 말들이 불쑥 떠오르고
억지로 생각을 멈추려고 해봐도
좀처럼 부정적인 기운이 가시지 않고
그래서 한참을
혼자 그 말들을 곱씹다 보면
어느새 내가 듣고 상처받은 말들을
내가 나에게 하고 있었다.
생각을 멈추지 못한다면,
우울이 가시지 않는다면,
나는 나를 멈추고 싶었다.

빵
빠—앙
빠—앙
빵

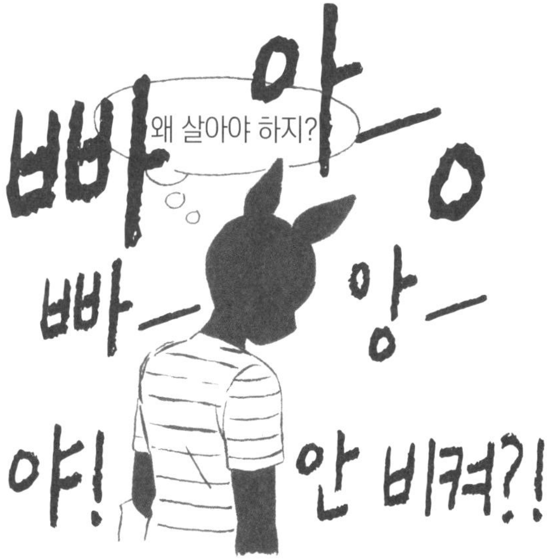
빠아ㅡ앙
왜 살아야 하지?
빠ㅡ앙ㅡ
야! 안 비켜?!

내 우울은 그랬다.

넌 바뀔 수 없어.
아니
아니
아니
아니
되풀이 될 뿐이야.
아니
아니
아니야
살아봤자 똑같을 거야.

거센 충동이 여러 번 지나간 후에야
심각성을 깨닫고 병원에 갈 마음이 들었다.

이대로 가다간 내가 날 망칠 거야
혼자서는 안 되겠어

날이 갈수록 수척해지는 내 안색에
먼저 다가와 주는 친구들이 있었고,

괜찮아?
힘들어 보여.
왜 이렇게 살이 많이 빠졌어…
…

좀처럼 잠들지도 먹지도 못하는 내 모습에
애가 타는 어머니가 계셨지만

뭐라도 좀 먹고 가야지…
엄마 속상하게 요즘 왜 그러니?
…

모두를 이렇게 힘들게
할 바엔
죽어 버리는게
낫지 않을까?
죽어 그냥 죽어
어차피
내가 죽어도 다들
잘 살텐데
죽어

타인에게 차마 터놓지 못할 말들이
곪아버린 마음에서 쏟아져 나왔다.

내 마음에서 맴도는 그 말들에
'내가' 겁이 나서 도움을 받고 싶어졌다.

병원에 간다면
어디로 가야 할까
이미 호르몬제를
복용 중인데 약물치료까지 하면…
비용은 어떡하지
비보험이면 너무
비싼데…
보험 기록이 남으면
불이익은 없을까?
나 정말,
'그 정도'로 아픈 거 맞나?
시간이 좀 더
지나면 괜찮아지는 거
아닐까…

아무 생각도 하기 싫다…

내일… 내일은 꼭 예약하자.
뚜르르
뚝!
○○병원
종료
꾹

버티면 낫겠거니 방치했던 마음의 병은
일상을 보내는 것만으로도 모든 에너지를 소진시켜서
병원에 문의 전화를 하는 것조차 버거웠다.

- 마음클리닉
  - → 초진 예약 안 됨 ×
  - → 저녁 진료 ×
- 정신과의원
  - → 주말, 저녁 진료 ×
- 정신건강의학과
  - → 예약 4주 뒤에 가능
  - → 저녁 진료 O, 주말 ×
- 대학병원 정신과
  - → 예약 3주 뒤
  - → 주말 진료 ×

겨우 병원 정보를 검색하고 임의목록도 만들어봤지만
이미 지쳐 있는 내가 꾸준히 다닐 만한 곳이 마땅치 않았다.

1시에 문 여는데
초진이 예약이 안 된다면
직장인들은 어떻게
치료를 받아야 하지.
주말 진료한다는데
왜 전화를 안 받지?
왜 나만 이렇게
아파야 해.
회사 가까운 곳은
평이 안 좋네.
구깃
회사에 뭐라고
얘기해야 하지?
예약이 3주나 밀려 있으면
그동안 내가 버틸 수 있을까.
내 일상은
어떻게 되는 거야.

그렇게 나 자신을 포기하고 싶을 때쯤,
회사에 심리상담 프로그램이 신설됐다.

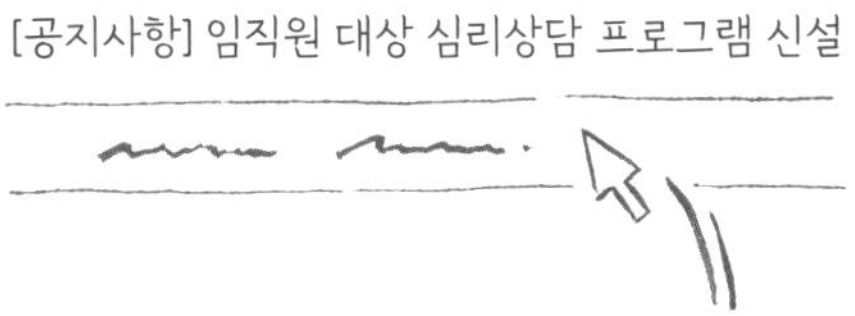
[공지사항] 임직원 대상 심리상담 프로그램 신설

…
휘청
이렇게 쉬운 걸…
달칵
달칵

운 좋게도 질질 끌어온 치료는
몇 번의 클릭으로 시작됐다.

2장 내가 나를 일으켜 세우는 것

아무것도 변하지 않을지라도,
내가 변하면 모든 것이 변한다.
- 오노레 드 발자크

용기를 내기 위한 용기

후에
엥?
이 약도 처음 한 달은
열이 나고 잠이 안 왔다.

나는 난소기형종 수술 후 발견된 잔병들을 치료하기 위해 호르몬제를 복용하고 있어서 약물치료가 괜히 부담됐지만, 제일 좋은 건 약물과 상담을 병행하는 것이라 생각한다.

'상담'은 마음을 옳은 방향으로
잡아주는 느낌인데
아무래도 실천하려면
시간과 노력이 필요하다.
흐음-
'시간과 노력'을
도와주는 게
'약물'이지 싶다.
자세한 건 앞으로 후순!

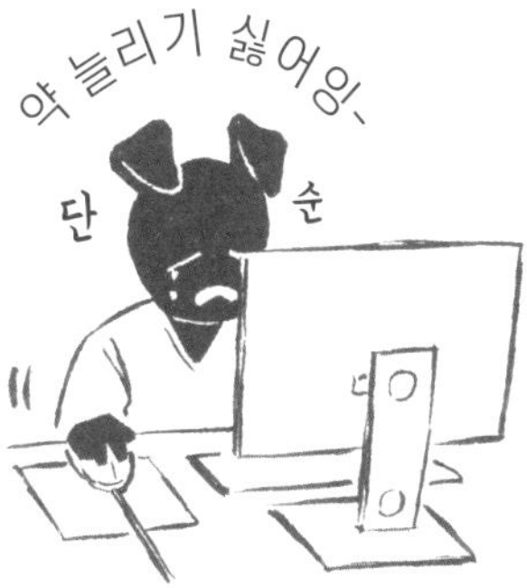
약 늘리기 싫어잉-
단
순

하지만 천하제일 겁쟁이인 나는
일단 상담치료만 하는 상담소를 택했다.

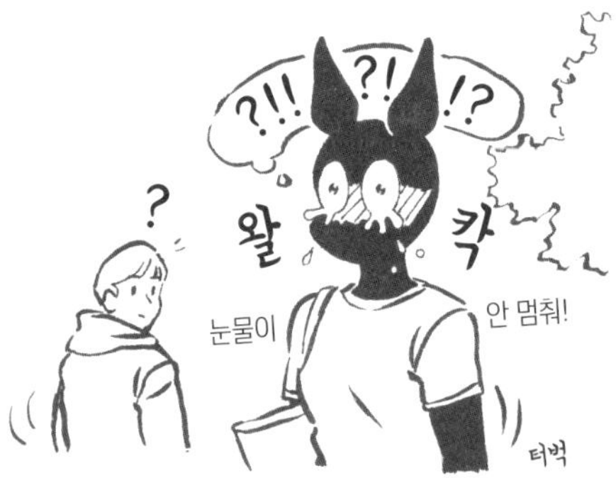
?!!
?!
!?
?
왈
칵
눈물이
안 멈춰!
터벅

첫 상담을 받으러가는 길 내내 눈물이 멈추지 않아
골목길을 헤맸다.

못하겠어.
무서워.
도와줘.

심리치료가 낯설어서, 정신건강에 무지해서,
내가 '잘못된 것' 같아서 두려웠다.

여보세요.
네… 예약 취소하려고 전화했는데요…
네… 죄송합니다.

'예약하고 방문하기' 이 단순한 과정조차
몇 번이고 포기했을 정도로 나는 약했다.

오늘은 가야 해.
더 이상 미루면 안 돼…
스윽-

그럼에도 끊임없이
전문가의 도움이 필요하다고 생각했고

상담시간 거의 다 됐다.
가자…

몇 번이고 포기하고
수없이 망설인 다음에야
상담을 시작할 수 있었다.

띵!
15층입니다 - 문이 열립니다.
꼴깍
두근
두근

그렇게 고민하고 망설이는 건 당연한 일이니
이 글을 보는 사람들은 안심하고 조금 더 쉽게
문을 두드리길, 소망한다.

빼꼼
저기
8시 30분 예약했는데요.

울다가 끝난 하루 (첫 상담)

비싼 조명
아늑한 소파
영화를 너무
많이 봤나?

영화 속 공간과는 거리가 있었다.

편히 앉아요. 마실 거 줄까요?
퐁
아뇨…
괜찮아요.
경
직

교수실 같은 분위기였다.

나는 면담 온 학생처럼 얌전히 자리에 앉았다.

“무슨 일로 오게 됐어요?”였나
“어떻게 왔어요?”였던가.

저한테…
문제가 있는 것 같아서요.

소중한 사람들을
힘들게 하는 거 같아요.
많이 잃기도 했어요.
금방 후회하면서…
가까워질수록 멀어질 게
두려워서 밀어내게 돼요.
이성을 잃고
불안해하기도 하고…
만지작

상담 선생님의 간단한 질문에 말문을 연 나는
밑도 끝도 없이 나를 슬프게 하는 것들을 늘어놓았다.

사람을 질리게 만드는 것 같아요. 혼자가 되는 게 두려운데 혼자가 될 것 같아요.
수술한 뒤로 잠도 못 자고… 왜 이렇게 됐는지 자꾸 자책하고… 제가 어렸을 때 왕따를 당해서 그런 건지…

이별, 수술, 인간관계…
최근의 일부터 어린 시절의 트라우마까지.
생각나는 것들을 두서없이 쏟아냈다.

휴지 한 통을 다 써버릴 정도로 울고 나니
첫 상담이 끝났다.

그동안은 그래도 노력해왔는데
이젠 더 이상 못하겠어요. 지쳤어요. 힘들어요…
사는 이유도 방법도 모르겠어요.

자…
오늘은 여기까지 해야 할 거 같아요.
다음 주 언제가 시간 괜찮아요?
총 8회기로 진행될 거고,
일주일에 한 번씩 할 거예요.
훌쩍
훌쩍

오늘 들은 말…
"많이 힘들었겠어요"
"그때 그 마음이 어땠어요?"
말고는
기억이 안 나네…
덜컹-
퉁-
퉁
덜컹-

특별한 깨달음도, 이렇다 할 변화의 시작도 없었다.

이제 겨우 시작했을 뿐이야.
전치 8주면
마음이 교통사고라도
당한 건가.
덜컹-
덜컹-

마음을 치료하는 건 특별한 일이 아니다.
그저 아파서 병원을 찾는 여느 날과 다르지 않았다.

마음의 방향을 인지하는 것 (두 번째 상담)

일주일 내내 또
안 좋은 생각만 들고…
사람들
눈 마주치기도
너무 힘들고…
꺼이
꺼이
세상에서 가장 서럽 '개'

또 두서없이 얘기하며 울고 있는 내게

상담 선생님께서 몇 가지를 일러주셨다.

자, 우선 얘기해보면
엉엉
엉엉

생각이 많은 사람은 생각의 기저에
우울이 흐른다고 보면 돼요.
나…
잘 살 수 있을까.
나는
이상한 사람
인 걸까?
잘하고 있는 걸까.
왜 남들처럼
못하겠지?
지친다.
변할 수 있을까.
콸콸

나처럼 생각이 많은 사람은 우울에 빠지기 쉬워서
평생 수행하는 마음으로 살아야 한다고.

자신이 우울해지기 쉬운 성향이란 걸 알고,
다스리기 위해 노력해야 해요.
우울대범람
콰—르—르
망했다

그러니 우선,
마음이 흘러가는 방향을 인지하고
내 마음이 어떤지 알아차려야 한다고 말해주셨다.

생각에 너무 깊이 빠졌다 싶으면…
꼬르륵

제자리로 돌아오는 연습을 해야 해요.
'개헤엄' 이라도
쳐야 한다!
휘익

평생
수행?!
익!

우에에에엥!! 평생 수행?!
평-생이라니!! 뭐야!
무섭잖아 왠지!
나 어떡해!
그럼 다음 주는 언제.
아, 네.

여덟 번의 상담을 잘 마치면,
합금멘탈이 될 줄 알았는데
평생 안고 가야 한다니!

몸 아픈 것도 서러운데
마음도 평생 수행이라니…
사는 게 원래 이렇게
어려운 건가.
내가 '잘못' 산 걸까.
시무-
룩

듣고 싶은 말도, 듣기 좋은 말도 아니어서
나는 조금 충격을 받았지만
맞는 말이어서 받아들이기로 했다.

어, 또 생각이
'필요 이상'으로 부정적이게
흘러갔다.
오… 이런 게
알아차리는 건가.

마음에는 높낮이가 있다

뭐가
보여야
말이지!
두근
두근

내 마음을 알아차린다는 게 대체 뭘까?

흐음,
이 기분은…
탁!
탁!

곰곰이 생각해보니 나는 종종
내 마음에 귀 기울여왔다.

커리!
인도 커리 기분이야!
오늘 점심은 커리!
쫑긋

배고플 때마다 늘!

'또' 살기 싫다…
왜 이러지?

하지만 그런 즐거운 경우가 아닌 슬프고 우울할 때
내 마음을 직면하는 건 어려운 일이다.

왜 이러긴?
네가 늘 이렇지 뭐.
네 꼴을 봐
살고 싶겠냐.
야 나같아도 너랑
친구하기 싫겠다.
멍청하고 나약해.
애정결핍이냐?
퐁
퐁
퐁
퐁
우르르
꾸욱
시끄러워…

슬쩍 들여다보면 생겨나는
부정적인 생각들이 괴로워서,
외면하고 싶어진다.

침대 밑으로 가라앉아
그대로 사라져도 좋을 텐데…

당시의 나는 주말이면
밥도 안 먹고 하루 종일 누워만 있었다.

왜 이렇게 슬프지?
희망이 없어서…
왜 그렇게 생각해?
마음이 상처투성이라
다른 사람과 못 어울릴 거 같아.
그건 너무 추상적이야.
'생각'은 이제 멈추자.

그날도 어김없이 누워있다가 밀린 숙제를 하듯이
스스로의 기분을 묻고 답했다.

생각을 멈춰도 슬픈 기분이 가시지 않네.
나 지금 많이… 슬프구나.
마음이 가라앉는 게 느껴져…
언제까지 이런 기분인지 보자.

햇빛을 받고 있으니까
마음이 조금 떠오르는 기분이 들어.
노을 질 때만
드는 빛이다.

한참을 그렇게 살펴보니, 마음이 한없이 가라앉다가도
이유 없이 기분이 나아지는 '찰나의 순간'이 왔다.

아직은 슬프고 우울한 시간이 길지만
조금씩 나아질 수 있을지도…
다행이야.
우울해도
가라앉기만 하는 건
아니라서.

그렇게 나는 내 기분도 생각도 영원하지 않다는 걸 느꼈다.

물길처럼
자꾸 생각이 한쪽으로 흘러간다.
그리로 가면
안 된다고!
우울로 가는 길

내 마음을 알아도 생각이
부정적으로 흐르는 건
쉽게 바뀌지 않는다.

내 마음한테 또 졌군…
젠장.
파바밧
파밧

영원하지 않다는 걸 알아도
우울로 둔해진 이성적 사고는
감정에 쉽게 얽매인다.

'아, 내가 또 우울해지고 있구나' 하고 알아차리니까 확실히 전보다는 이성적일 때가 많아졌어요. 그래서 다시 자책하다가 감정적으로 빠져들기도 하고… 어떻게 마음을 다잡아야 할까요?

'어떻게 하면 이성과 감성 사이에서 중심을 잘 잡을 수 있을까?'라는 질문으로 시작한 세 번째 상담.

자아의 상태를 '객관화'할 수 있는 사고 능력을 키워야 해요. 혼자서는 어렵고… '법륜스님의 즉문즉설'을 추천할게요.
넹… 들어볼게요…
무신론자 + 유튜브 잘 안 봄
미심쩍~
종교 상관없이 들어도 괜찮아요.

선생님께선 내 이야기를 들으신 후 법륜스님의 즉문즉설을 추천하셨다.

효과는 굉장했다!
그것도 저것도 이것도 다~
집착해서 괴로운 거 ~
마음이 정화되어버렷!
마음에 들면 푹 빠지는 타입.
흐흥~♡

우울로 저하된 집중력으로도
귀 기울여 들을 수 있을 만큼 쉽고 재미있었다.

무엇이 궁금해서 오셨어요?

법륜스님이 사람들의 고민을 듣고
즉석에서 답해주는 형식으로 진행되는 즉문즉설.

내가 질문을 하면,
이렇게 답하셨을 거 같은데…
좋은 인연들을 떠나보내는 게 무서워요. 자꾸만 상처받은 기억들이 괴롭혀요. …
좋은 인연을 만났던 건 복이에요. 하지만 간다는 사람 붙잡는 건 내 욕심이에요. '고마워요, 잘 가세요.' 하면 그만이에요. 그리고~ …
히히

상대에 맞춰 차근히 함께 고민을 풀어가는
스님의 말씀을 듣다 보니,
내 우울과 불안도 한 걸음 떨어져 다시 보게 됐다.

부디 뿌리내려서 내 마음의 기준이 되길!
이렇게 생각해야
내 마음도 편한 거 같아.
상대의 입장을 헤아리자
용서하고 사랑하자
~ 마음의 텃밭 ~

그리고 말씀 중에 내게 맞는 가치와 지혜를 마음 깊이 새기고 싶어졌다.

나는 관대하고 강인하다
나만의 철학
내 삶의 기준

내 마음에 심은 지혜가 나의 기준이 되어,
튼튼한 마음의 지지대가 되길 바라며
나는 간만에 마음에 빛이 들고 희망이 생긴 기분이 들었다.

하루아침에 달라질 순 없지만
나는 점점 더 좋아질 거야. 꼭!
마음에 별이 뜬 것 같다…

괜찮아진 것 같은데 괜찮은 게 맞나?

번뇌하여 무엇하리
후후후
집착을 버리면 될 것을
후후
후
*즉문즉설의 부작용.

치료를 시작하고 3주 후.
이쯤 되니 혼자서도 괜찮을 것 같다는 생각이 든다.
물론 대단한 착각이었다.

~여전히 충동엔 속수무책~
에퉤퉤엡퉤퉤
타인의 지혜가 사고의 지향점은 될 수 있어도 출발선이 되긴 어려운 거 같다.
철썩

자!
1세트 더!
감정 제어
이성적 사고
끄오오오옷!

마음을 치료하는 일은 재활훈련을 하듯
치열하고 적극적인 자세로 임해야 하고 긴 시간이 필요했다.
그리고 무엇보다 치료 중단은
상담자와 내담자의 상호합의로 이루어져야 한다.

그동안 수고 많았어요!
감사합니다!!
짠☆

1회기에 10만 원을 내는데…
생계에 부담이 가서요.
상담 선생님의 말에
오히려 상처받았어요…
제가 꼭 상담을
받아야 되나 싶은 생각이…
에구구…

하지만 대다수가 상담비용, 사회인식, 신뢰부족 같은 문제로
1~3회기만에 그만두는 경우가 많다.

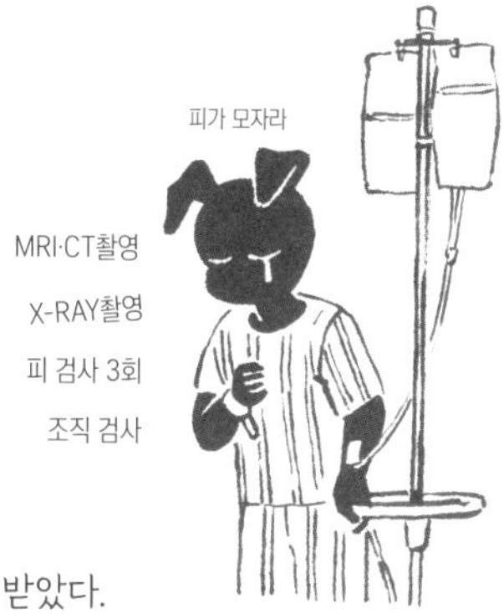

나는 작년 11월 난소기형종 수술을 받았다.
몸에 생긴 작은 혹을 떼내는 이 수술도
정확한 진단을 위해 각종 검사를 하며 한 달의 시간이 소요됐다.

눈에 보이지 않는 마음의 병은,
그것도 살아오며 저마다의 이유로
묵혀온 병을 단기간에 알아내긴 어렵지 않을까?

...
치료를 중단하게
되었어요.
아…
잘 맞았으면
좋았을 텐데…
지잉

하지만 이런 생각을 치료를 중단한 사람들에게
말할 수도, 말하고 싶지도 않다.
이미 그들이 충분히 고민하고 결정했을 걸 알기에
내가 직접 아프고 나서야 보이지 않던 문제들이 보였다.

상담치료는
왜 건강보험 적용이 안 될까.
자신에게 맞는
상담자를 어떻게 찾지?
저소득층 상담지원은
잘 이루어지고 있을까?

나는 혼자서도 행복하고 싶지만 혼자서만 행복하고 싶지 않다.

일단 내 마음부터
잘 치료해 나가자.
그다음에 내가
할 수 있는 일을 하자.

나는 나를 위해 얼마나 노력했는가

감정의 파도를 탄 것처럼…
몸도 마음도 무척 지친다.
헥
헥
헥

어떻게 해야 좋아질지 알겠고,
그래서 종종 마음이 괜찮다가도
시도 때도 없이 다시 무너져 내렸다.

안녕하세요.
신입사원 G입니다.
힙합 좋아하세요?
힘들 때 혼자
드시지 말고 함께 마셔요.
제 주량은…
총
명

나도 못 믿겠던 나를 받아주던 G.
누구든 힘이 들 때 함께 술잔을 기울이겠다던
첫인사를 2년간 지켜온 친구다.

띵동
오늘은 좀 어떻드나
괘안나? 얼굴 보까?
띵동
고마운
자식…

책임감이 강한 친구인 G는
힘들어하는 내게 먼저 다가와 주었다.

가장 빡센 직무
늦가으리-
오랜만- 괜찮아?
좀 어떠니…
나 너무
미안하잖아…
수
척
넌 괜찮니?

우울증으로 인해 모든 대인관계가 위축되었던
나도 G만큼은 만날 수 있었다.

미안…
미안해 G야…
그런 거
신경 쓰지 마라.
네 마음
편해지는 게
중요하지.

지칠 법도 한데… 몇 번이고
내가 쏟아내는 우울을 받아주었고
그러면서도 내 슬픈 감정에 동화되지 않아서,
그렇게 내 멋대로, G라면 괜찮을 거란 믿음이 생겼다.

미안한 거 맞나?
그래 그럼…
나중에 너가 힘들면 나도 똑같이 도와줄게.
후후
살면서 한 번은…(속닥)

몇 달만에 만난 자리에서 나는 G에게
내 마음 다루는 것이 어렵다고 한참을 이야기했다.

G야… (한숨)(한숨) 나는 자꾸만 자책하게 돼. 근데 이 자책이 나 자신을 '피해자화' 해서 내 문제를 도피하고 싶은 걸까 봐. 내 문제를 직시하고 싶은데 그러면 자꾸 필요 이상으로 우울에 빠져버리고…
팀 버튼의 우울한 굴소년 상태
넘 다크해…

나는 더 이상 자책하기 싫어…
남탓은 더더욱. 내 마음을 대체
어떻게 정리해야 될까?
내 마음을 내가 모르겠어.
흠…
뒤적
뒤적

직무 특성상 힘들고 고된 일상을 보내면서도
대인관계가 원만한 이 친구가 내 눈에는
'만렙 찍은 용자' 같아서 물었는데,

화장실 갔다 올게!
머쓱
수학의 정석인 줄…
이게 다
뭐야 ?!
NOTE

자신의 방법이라며 건넨 그의 노트에는
자신의 생각을 정리하려고 애쓴 흔적이 빼곡했다.

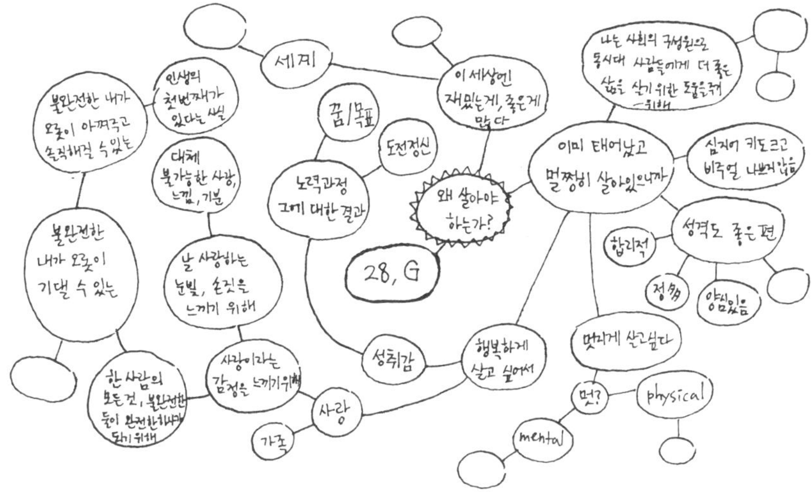

단순한 문장에서 시작된 마인드맵은 아주 작은 글씨로,
노트 양면 빼곡히 적혀 있었다.

대단하네… 몇 번이고 고쳐 쓰고
자신의 생각을 파고드는 게
쉬운 일이 아닌데…
앞뒤로 빼곡하네…

자신의 생각과 분투한 흔적이 가득했다.

우와아…
나 또 제멋대로
'타고나서 부럽다'고
생각했었네.
다들 노력하고
있는 건데…
창피하다.
NOTE

술이 확 깨고 말았다.
나는 내 마음을 위해
이만큼 들여다본 적이 있었나
하는 생각이 들었다.

고마워.
나랑
친구해줘서…
짠
흠… 뭐래니?
어휴~

그의 방법이 내 방법이 될 수 없고
나는 나만의 방법을 찾아야겠지만,
친구의 노력은 나의 동력이 됐다.

슬픔이 좀 더 마르면
관계 속으로 돌아가자…

내가 겪은 우울은 그 누구도 대신해줄 수 없다.
나는 여전히 타인에게 영향을 받고, 또 줄 것이다.
관계성은 여전히 내 삶의 의미를 더해준다.

몸은 마음과 함께 간다

마음의 변화를 인지한 뒤로
충동을 못 이기면
짙은 자괴감이 밀려왔다.

SOS
내가…
또 졌소…
아

안녕하세요.
어서오세요!
트레이너 선생님
순
정
마!!!!
초!!!
언제 봐도 얼굴과 몸이
다른 그림체야…

좀처럼 우울증 치료가 진전이 없어 보일 때,
불안해지는 마음에 도움이 됐던 건
그 기간을 버티게 해주는 체력과 꾸준한 운동이었다.

나는 몸이 아프고서야 놀랍도록
몸과 마음이 함께 간다는 걸 깨달았다.

개운하다-
!!
캬!
아드레날린 덕분인지
일시적으로 잡생각이
안 들고 기분이 좋아진다.

몸이 아프면 마음이 어두워지고
몸이 건강하면 마음도 한결 나아진다.

식이 없이 8개월 정도 운동하니
몸이 탄탄해 보인다는
얘기를 듣게 됐다.
외형의 변화보다
못 들던 무게를 들게 된
내 몸, 그 자체가
무척 좋아진 게
기분이 끝내준다!
데드리프트
50kg
스쿼트
30kg

운동만으로 체형이 드라마틱하게 변하기 힘든 것처럼,
마음 또한 치료를 받는다고 순식간에 좋아지지 않는다.

치료 전
우울증인지
몰랐던 우울증인
사람
치료 시작 후
우울증인지
'아는'
우울증 환자
하하
Still
ME

출퇴근길에
다시
책이
잘 읽힌다!!
아프고서
한동안 책 읽을
집중력 & 체력이
없었음.
이방인

하지만 꾸준히 운동을 하다 보면
나도 모르는 사이 체력이 좋아지고 활력이 생긴다.

긴 시간 동안 쌓아온 생각하는
습관을 바꿀 수 있을까?
나 진짜 낫고 있긴 한 걸까?
계속 마음이 무너지는데
변화가 전혀 없는 걸까?

휘
익
고민해봤자
알 수 없는 일인걸!

마음이 눈에 보이지 않아서 내가
나아지고 있다는 믿음을 갖기 힘들 때
나는 내 몸이 변하듯 마음도
변화하고 있을 거라고 '그냥' 믿기로 했다.

꾸준히 하다 보면 못할 게 없지.
안 쓰던 근육에 힘이 생기듯 마음도 다르게
생각하는 힘을 키울 수 있을 거야.
쭈
욱

나아질 거라는 믿음이 있어서,
그 믿음이 나에게서 비롯된 것이어서
나는 치료를 지속할 수 있었다.

마음을 위한 쾌청 비디오 (네 번째 상담)

명상을 익히면 생각을 인지하는 데 도움이 되는데… 혼자서 하긴 어렵고… 명상센터에 가서 배우는 걸 추천할게요.
공기 좋고 풍경 좋은 곳에 위치해 있어서 주말에 나들이 겸 맛보기를 하고 오세요!

상담 선생님께서 '명상센터'를 추천하셨다.

명상센터라니…
해탈하면 어쩌지?
네… 가볼게요!
≒동의어 - PT 받고 근육질 되면 어쩌지?
두근
두근
한 번 한다고 익힐 수 있는 건 아니에요~

명상센터에 갔다!
마음의 힘이 5 올랐다!
+5
멘탈

선생님의 설명을 듣고 명상이 마음의 근육을 기르는 건가 싶었는데, 명상센터에 가기 전 명상에 대한 정보를 찾아 공부해보니 명상은 '마음을 위한 쾌청 비디오'에 가까운 거 같았다.

쾌청
마음을 어지럽히는 잡념을 없애
내 마음의 중심을 바로 보는 것

천안행, 가장 빠른 걸로
어른 한 명이요!

명상을 익히면 나는 좀 더 빨리
부정적인 감정에서 벗어날 수 있을까?

도움이 된다면
무엇이든 다 해보자.
스
윽

기대하는 마음과 지친 마음을 모두 안고
나는 난생처음으로 무궁화호 열차에 올랐다.

아빠! 무궁화호가 달리기 시작했어요! 이 열차는 경부선이고 경부선의 노선은…
이야- 그걸 다 외웠어?
자폐증인 친구구나.
사촌오빠가 자폐증이라 친숙하다.

좌석이 없어 열차 끄트머리로 갔더니 먼저 온 손님들이 있었다.
부자지간으로 보이는 두 사람과 머리가 희끗한 노신사 한 분.

계속 대답하기 힘들 법도 한데 잘 대해줘서 아이도 밝게 자랐나 봐요. 참 보기 좋네요!
뉴스에서 봤는데 저리 기억력이 좋으면 '서번트'라고 부른다면서요?
감사합니다! 아이가 철도박사예요. 철도박사!

자폐증인 아들이 편하게 얘기할 수 있게 끝 자리로 온 아버지는
아들의 끊임없는 말을 다정하게 받아주었고,
노신사는 그 모습이 보기좋다며 말을 거셨다.

솔직히 처음에는 막막하고
힘들었는데, 그래도 저도 배워가며
같이 맞춰 나가다 보니 작은 변화 하나하나가
참 감사하게 느껴지는 순간이 오더라고요.
지금은 이렇게 많이 얘기 나눌 수 있는 게
복이지 싶어요.
다른 노선도
외울 수
있어요!

아이의 아버지는 대화를 하게 되기까지
굉장히 긴 시간이 걸렸지만 지나고 나니 그 과정이
참 행복했다고 웃으며 답했다.

내 마음을 치료하는 과정도
언젠가 행복으로 기억하게 되길.

마음이 강해지려면 어떻게 해야 할까

위빠사나
수행처
호두마을

천안역에서 한참 버스를 타고 들어가
또 한참을 걸어 도착한 위빠사나 명상센터.

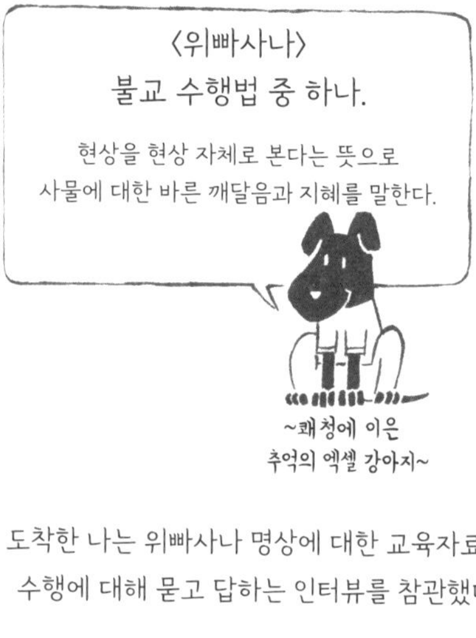
〈위빠사나〉
불교 수행법 중 하나.
현상을 현상 자체로 본다는 뜻으로
사물에 대한 바른 깨달음과 지혜를 말한다.
~쾌청에 이은
추억의 엑셀 강아지~

오후 늦게 도착한 나는 위빠사나 명상에 대한 교육자료를 시청한 뒤,
수행에 대해 묻고 답하는 인터뷰를 참관했다.

명상을 왜 익히고 싶으세요?
...
마음이 약해서 소중한 사람들을 힘들게 하는 거 같아요. 마음이 강해지고 싶어요.

내 차례가 되자 스님께선 내게 찾아온 이유를 물으셨고
나는 마음이 강해지고 싶다고 답했다.

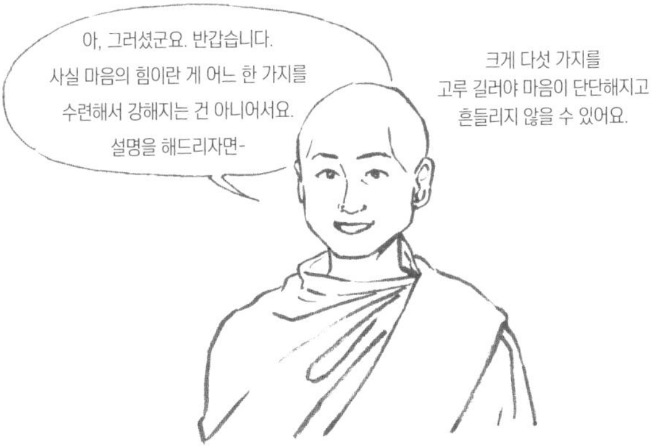
아, 그러셨군요. 반갑습니다. 사실 마음의 힘이란 게 어느 한 가지를 수련해서 강해지는 건 아니어서요. 설명을 해드리자면-
크게 다섯 가지를 고루 길러야 마음이 단단해지고 흔들리지 않을 수 있어요.

스님은 은은한 미소를 띠며 내 이야기를 들으시더니,
차분한 목소리로 말씀하셨다.

믿음
업에 대한 믿음,
허무로부터 벗어나는 것
정진
꾸준히 행하여
저항을 벗어나는 것
집중
마음에 밀착하는 힘
샤티
마음을 밀착하여
들여다보는 것
지혜
들여다보아 깨우치는 것

마음의 힘은 단일적인 게 아니라 크게 5가지가 함양되어야 하고
위빠사나 명상을 익혀 수행하고 상담치료를 겸하라며
긴 이야기를 들려주셨다.

수행과 상담을 통해
겪고 계신 어려움으로부터
벗어나시길 바랄게요.
감사합니다.

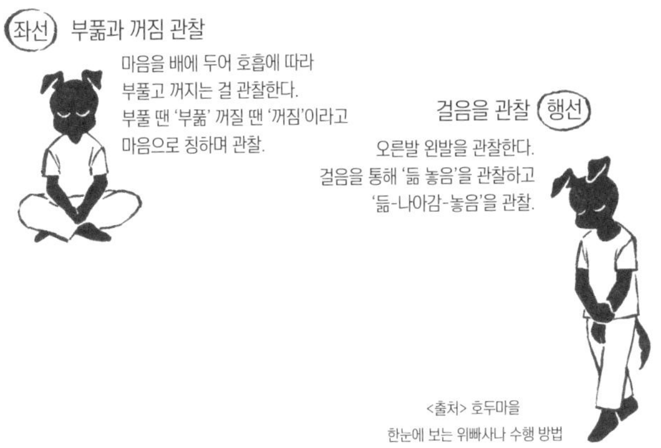
좌선 부풂과 꺼짐 관찰
마음을 배에 두어 호흡에 따라
부풀고 꺼지는 걸 관찰한다.
부풀 땐 '부풂' 꺼질 땐 '꺼짐'이라고
마음으로 칭하며 관찰.
걸음을 관찰 행선
오른발 왼발을 관찰한다.
걸음을 통해 '듦 놓음'을 관찰하고
'듦-나아감-놓음'을 관찰.
<출처> 호두마을
한눈에 보는 위빠사나 수행 방법

나는 좌선과 행선을 짧게나마 경험하고
다시 서울로 향했다.

집중력은 좋은 편이고
저항을 견디려는 성질도 강한 편이지만,
내세에 대한 믿음은 없어.
그리고 그게 늘 허무하게 생각됐지.

돌아오는 길에 나는 스님이 말씀하신 다섯 가지를 되짚었다.
나는 종교가 없다. 따라서 내세에 대한 믿음이 없다.

그러면 나는 무엇을 믿어야 할까?

마음이 아픈 뒤
종교를 가지려고도 해봤지만…
난 불가지론자에 가까워.
게다가 마음이 수없이 무너지면서
내 이성을 더 이상 믿을 수 없게 됐지.

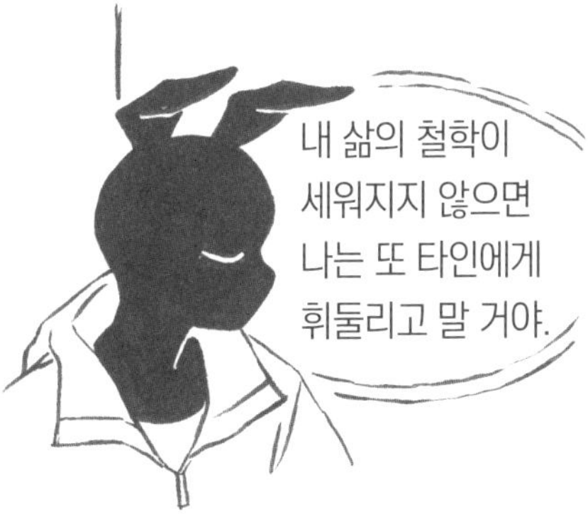
내 삶의 철학이
세워지지 않으면
나는 또 타인에게
휘둘리고 말 거야.

나는 내 생각의 기틀을 새로 마련해야 했다.

3장 마음을 위한 용기를 기르는 것

흘러간 물로는 물레방아를 돌릴 수 없다.
이미 지나간 일로 고민을 해서는 안 된다.
과거는 과거로 묻어놓고 오늘은 오늘로서 행복하라.

– 벤저민 프랭클린

훌륭한 조언자가 필요하다 (다섯 번째 상담)

잘 다녀왔어요? 어땠어요?
좋았어요! 근데… 선생님 말씀대로 단기간에 익히는 건 어려울 거 같아요.
아주 쉬운 일이 아니죠.
나중에 집중 수행을 가보려고요.

다섯 번째 상담이 시작되었다.

자꾸만 미리 알았으면 좋았을 텐데… 하고
아쉬워하는 내게 선생님은 웃으며 이야길 건네셨다.

좀 더 어릴 때 상담을 받았으면 좋았을걸… 아쉬워요. 상담받으며 알게 된 것들이 도움이 많이 됐어요. 법륜스님이나 정신건강 칼럼 같은 것들이요.
원래 살아가는 데는 멘토가 필요한 법이에요.
진작에 관심을 가졌으면 좋았을 텐데…

멘토… 내게 멘토가 있던가?

멘토
선생님~ 저의 멘토가 되어주시겠사와요?
'한 사람 말고' 여러 사람 있는 편이 좋아요!

H… 너는 인생의
멘토가 있니? 나는 딱히
멘토-멘티 관계는 없어서.
멘토를
어디서 만나지…
지금은 시카고 유학생인 H
흠… 멘토라…

이성적이고 똑부러진 H에게 멘토가 있느냐고 물었다.

나도 한 사람을 꼽아야 한다면
딱히 없어! 하지만 배울 점이 있는 분들은
많지… 나는 사람에게 큰 기대나 신뢰를
하는 편이 아니라, 어느 한 사람의 말을
믿고 따르기보단 여러 사람에게서
발견한 배울 점을 내가 취하는 것 같아.
그럼 누구나 내겐 멘토가 될 수 있어!
친구도!
오옹~

H는 자기가 생각하는 멘토에 대해 들려주었다.
H의 말에 나는 이미 내게 멘토가 많다는 생각에 기분이 좋아졌다.

와! 그렇게
생각하면 나…
멘토 짱 많아!
친구들도 동료들도
그밖에 내 주변 사람
모두가 저마다의
장점이 엄청 많은걸!
내가 제일 바보라서 좋아!
씬!
나!

그리고 그 후로 나는
마음이 답답할 때면 책을 읽었다.

이동 중엔
휴대폰 전자책 어플로
책을 읽고 보통은
서점에 앉아서 읽는다.
작가에게도
책 속의 인물들에게도
배울 점은 많으니까.
톡, 톡

평소의 나는 문학을 주로 읽었는데,
궁금한 걸 알기 위해 찾아 읽다 보니
자연스레 스펙트럼이 넓어졌다.

인간은 대체
어떻게 생겨 먹은(?)
종족인 걸까?
유발 하라리 저
《사피엔스》
내가 생각하는
디자인은 하나의
언어인데 다른 사람들은
어떻게 생각할까?
노먼 포터 저
《디자이너란 무엇인가》
작가로
산다는 건?
이건 왜
베스트셀러일까?

사람이 죽음을 목전에 두고 이렇게 이지적일 수 있다니… 감히 이분의 삶이 끝났다고 해서 허무하다고 말할 수 있을까?
폴 칼라니티 저 《숨결이 바람될 때》 - 시한부 암환자가 된 의사의 에세이
WHEN BREATH BECOMES

나는 책 속에 길이 있다는 말을 좋아한다.
같은 길을 걸어도 사람마다 남는 풍경이 다르듯이
나는 책 속에서 나만의 길을 찾게 됐다.

끝이 꼭 허무로 귀결될 필요는 없구나… 오히려 고통에도 '끝'이 있으니 축복처럼 느껴지기도 해.
끝이 있어서 많은 것이 소중한 것 같아. 더 이상 내게 '끝'은 허무가 아니야…
훌쩍

우울의 기원 (여섯 번째 상담)

이번 사태의 원인을
분석하기 위해 각계 전문가들이…
앵옹앵옹
옹앵옹
warning warning
warning warning warning
warning

감상적인 우울이 걷히자 내 우울증의 원인을 알고 싶어졌다.

내일이 오지 않았으면 좋겠어.
왜 다들 걔네 말만
듣고 날 판단하지?
사람이 무서워 미워.
싫어, 좋아, 함께 놀고 싶어.
혼자가 편해.
아무도 나를 알아봐주지 않아…

되돌아보면 짚이는 건 많다.
초등학생 때 왕따를 겪었고,
성인이 된 이후에도 대인관계에 소극적이었다.

친구가 뭔지 잘 모르겠어.
친하다고 생각해도
되는 걸까?
사람과의 거리감을
잘 못 재겠어.
어려워 다 필요 없어.
힘들어. 지쳤어.
벗어나고 싶어.
이런 내가 너무 싫고
비참해…

왜 내 앞에서 벽을
주먹으로 치는 거야?
연애가 원래 이런가…
처음이라 잘 모르겠어.
사람들 욕하지 마. 아니,
내 앞에서 욕 좀 하지 마.
하지만 내 과거를 듣고
위로해준 사람인데…

이해와 공감을 받았던 게 고마워서
독이 되는 관계를 놓지 못하고 악영향을 받기도 했다.
그리고 이 모든 사실을 나보다 바쁘고 힘들어 보이는
가족들에게 숨기고 내색하지 않았다.

다녀왔습니다!

내 진심이 아니야!
위로받고 싶어
나도 살고싶어
나를... 알아봐줘
나는 누구지?
누가 나 좀 도와줘
너무 힘들어
...

그렇게 홀로 견딘 시간 속에서 뒤틀리고 썩어버린 감정들이
마음을 병들게 한 건 아닐까.

· · ·
이런 저의 과거가
우울증의 원인일까요?
저…
바보 같네요…

그걸 아는 게 중요한가요?

중요해.
· · ·
뚝
내겐 중요했다.

분명
내가 '잘못된 거니까'
뚝 뚝

과거의 나를 책망하기 위해

'늘' 내가
'문제였으니까'
흑…
흑

현재의 나를 과거에 묶어두기 위해

그러니까…
분명 내가 어딘가
이상한 걸 거야…
들썩
들썩

그때의 나는 나를 계속
괴롭히기 위해 원인을 찾고 있었다.

나 또 너무 부정적으로
생각이 깊게 흘러버렸네…
나도 모르게…
!
흠칫

병을 치료하기 위해 원인을 아는 것은 중요했지만,
그 치료를 견딜 수 있도록 마음을 단련하는 게 먼저였다.

아직 내 과거를…
내 상처를 들여다볼 때가
아니구나…

그러기 위해선 '현재'에 초점을 맞춰야 했다.

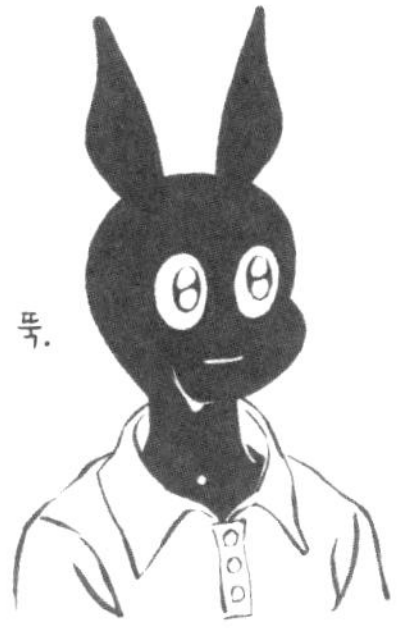
뚝.

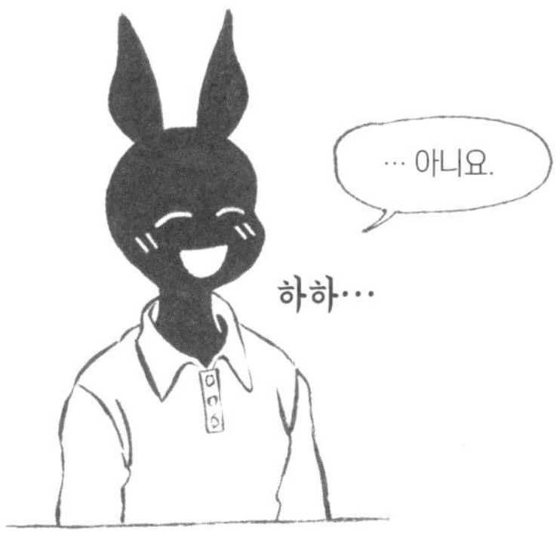
… 아니요.
하하…

나는 그렇게 '현재'를 살아가기로 했다.

가족에게 알려야 한다

우울증 치료를 시작하며, 가장 힘들었던 것 중 하나는
가족에게 알리는 것이었다. 특히 엄마에게.

하지만 선생님이
'가족이 인간관계의 기초'
라고 하셨으니까.
작년에 수술했을 때도
많이 속상해하고
걱정하셨는데…
안 그래도 사업문제로
정신없으실 텐데…
나까지 짐이 되는 건가.

엄마… 요새 몸도 안 좋으신데…
훌쩍

어머! 늦가을이 엄마!
늦가을이 또 1등했담서?
아, 네.
열심히
하더라고요…
그리고
애가 인사를 어찌나
잘하는지-!

엄마에게 난 동네에 소문난 착한 딸이었다.
책임감이 강해서 가족의 여러 문제들을 해결하기 위해
고군분투하던 엄마에게, 난 착한 딸이고 싶었다.

난 힘들게 안 할게요…
가엾은 엄마.
외가문제
아빠사업
가족 걱정
할아버지 병간호

그런 내가 숨겨온 지난 상처들과
현재의 아픈 마음을 드러내야 했다.
가족과 같이 살고 있는 내겐 치료를 위해
가족들의 도움이 필요하다.

10년도 더 된 일을
어디서부터 이야기해야 하지?
괜찮아.
또 너무 갔어.
괜찮아.
내가 진짜 '착한' 애였으면
이렇게 속으로 썩히지도
않았겠지…

내 상태가 가족에게도 영향을 줄 테니
그래도 말해야 돼…

내 마음 간수도
못하면서
무슨 대단한 효도를
하겠다고…

나는 자랑스러운 딸에서 마음이 약한 딸로,
나를 내려놓아야 했다.

왕따를 겪었던 시기에 가족들 모두가 바쁘고 힘들어 보여서 나도 나 혼자 이겨내고 싶었어요. 대학 다니면서 친구도 많아지고, 대인관계도 편해져서 괜찮은 줄 알았는데 아니었어요. 그래도 전문가 통해서 치료받고 있으니 걱정 안 하셔도 돼요.
괜찮아요.
...

나는 엄마에게 기나긴 이야기를 들려드리며 괜찮다는 말로 끝맺었다.

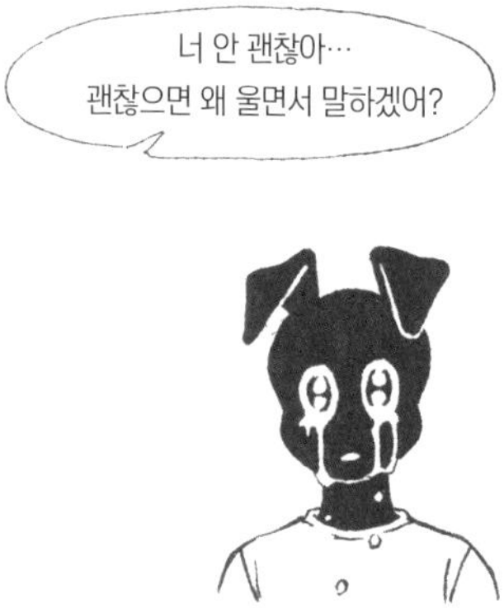
너 안 괜찮아…
괜찮으면 왜 울면서 말하겠어?

엄마는 내가 아팠던 걸 모르셨지만,
지금 내가 아픈 걸 나보다도 더 잘 아셨다.

엄마 말이 맞아요… 나 안 괜찮아요.
응.
나 사는 게, 사실 너무 무서워요.
아직 너무 힘들어요…
응.
죄송해요.
괜찮아.
미안해하지 마.
엄마한텐…

그게 깊은 관심과 애정으로 비롯된다는 걸 알면서도,
괜찮고 싶지 않은 날이었다.

우리는 각자의 몫으로 살아간다

아직 속상해하시려나?
다녀왔습니다.
응- 어서 와.
눈치 눈치
회사에서는 별일 없나.

내가 우울증 치료를 받는다는 걸 알게 된 후,
엄마와 나는 서로에게 예민해졌다.

나까지 신경 쓰이게 행동하지 말아야지.
신경 쓰는 내색하지 말아야지.

서로를 상처 입힐까 봐 조심하는 한편

묵은 감정들이 날카로운 말로 쏟아져 나와
서로를 힘들게 하기도 했다.

나를 제일 잘 알 것 같은
사람이… 가족이…
나를 이해하지 못한다면
누가 나를…

이해받고 공감받지 못하는 것만큼
마음을 아프게 하는 일은 없지 않을까.

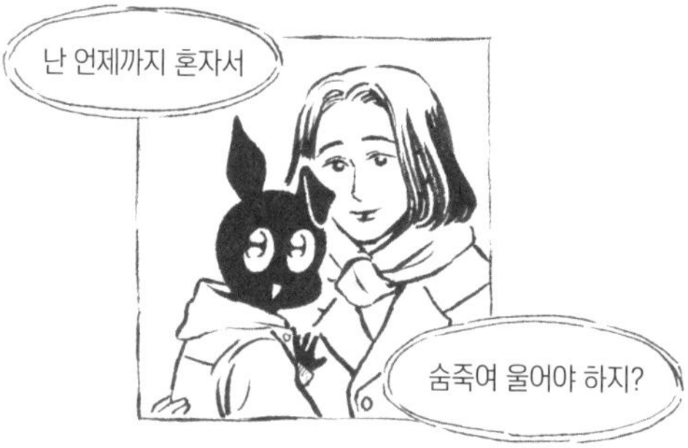
난 언제까지 혼자서
숨죽여 울어야 하지?

더군다나 상대가 사랑하는 사람이면 더더욱.

엄마와 나는 살아온 시간과 각자가 짊어졌던 생의 과업이 다르다.
그런 우리는 어쩌면 서로를 평생 이해할 수 없을지도 모른다.

엄마… 그래도 나… 엄마가 잘 키워줘서
좋은 방향으로 나를 돌보고 있어요. 고마워요.
시간이 많이 걸리더라도 나 자신을 제대로
마주하고, 내 인생을 책임지며 살 거예요.
지금부터라도…
상처받은 과거에서
벗어나서 내 나이로
살고 싶어요.
알겠어…
도와주지
못해서 미안해.

하지만 그럼에도 나와 엄마는 서로를 깊이 사랑했고
여전히 사랑하고 있다.

♡ 엄마의 페이보릿 빵들 ♡
(아부지는 빵을 다 좋아하신다.)

그 뒤로 나는 유명하고 맛있는 빵집에 가면
엄마가 좋아하는 스콘과 크루아상을 사갔고,

내 방에는 늘 티슈가 놓여 있게 됐다.
그렇게 고착된 것 같던 우리의 관계는
조금씩 진전되고 있다.

sempe'
인생은 단순한 균형의 문제

장 자끄 상뻬《인생은 단순한 균형의 문제》

귀엽고 다정한 장 자끄 상뻬의 그림만큼
인상 깊었던 상뻬의 책 제목《인생은 단순한 균형의 문제》
단순한 이 책 제목이 정말 와닿았다.

본능적이고 거친 감정의 '이드'
이성적이고 양심적인 '초자아'
노답!
그리고 그 둘의 균형을 잡는 '자아'

'인생은 단순한 균형의 문제'라더니
마음을 치료하는 것도 어느 한쪽으로 마음이
치우치지 않게 균형을 잡는 문제인 거 같다.
그렇게 조금씩 나아지고 좋아지면서도,
눈에 띄는 일이 아니다 보니 가끔은 마음이 조급해진다.

빨리 안 나으면 모두가 떠나갈 거야.
무서워…
가지마…

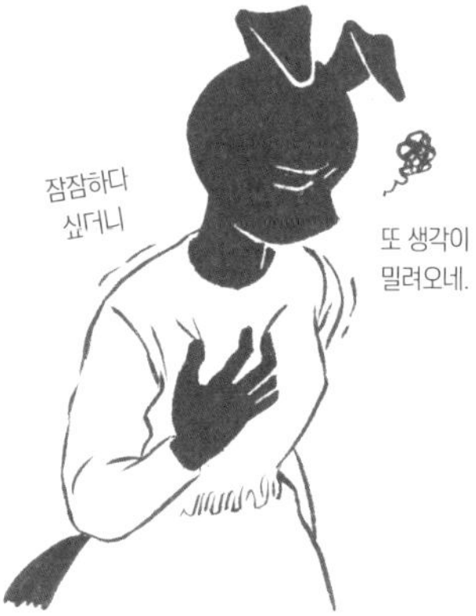
잠잠하다
싶더니
또 생각이
밀려오네.

좋아지고 있잖아, 그런데 왜 또 힘들어해?!

왜곡된 사고로
빠지지 말자.
두근
두근

그렇게 한 번씩 마음이 흔들리고 불안할 때,
호흡에 집중하라는 요가 선생님의 차분한 음성을 되뇐다.

누군가한테 의지하지 않아도
심호흡을 하다 보면
괜찮아져.
이제는 알아…
후

흔들~
흔들~
샤
샥

요가를 할 때 다리를 놓치거나 비틀거리다 넘어져도,
다시 일어나 동작을 취하면 그만이다.

내 몸이
이런 걸(?)
할 수 있다니!
!

그러다 보면 가끔은 내가 봐도 괜찮은 자세를 취하고,
그런 날들이 쌓여 어렵던 동작이 익숙해지기도 한다.

언더독 - 엎드려 뻗쳐 같은 자세.
자, *언더독 자세에서 만날게요.
아뇨… 만날 수 없습니다만…
허억
허억
허억

그래도 종종 균형을 잃고 넘어지겠지만,
다시 나만의 속도로 균형을 맞춰나가면 된다.
그렇게 나는 나만의 속도를 찾아간다.

다음엔 꼭!

슬픔이 많은 사람 (일곱 번째 상담)

자…
이제 슬픔도 많이 가셔 보이고
이전보다 단단해진 거 같으니
객관적으로 풀어볼까요?

일곱 번째 상담이 시작되었다.

김늦가을 씨는 대인관계에
취약한 면이 있어서 점점 더 자신을
고립시켰어요. 무엇이 문제였을까요?
음… 너무 드러낸 거요.
짚이는 건 많네요.

슬픈 일이 있을 때, 그걸 믿을 수 있는 상대, 예를 들어 가까운 가족 같은 존재와 나눠야 하는데, 그렇지 않은 상대에게 이야기하면 또 다른 슬픔으로 돌아올 수 있어요. 그럼 계속해서 슬퍼지죠.
맞아요… 돌이켜 보면 비정상적으로 눈물이 많았어요.

슬픔을 해소하는 것도 사람들과 나누는 것도 미숙했던 나는 슬픔이 속으로 쌓인 것 같다고, 그러다 믿을 수 있는 상대를 만나자 쌓여온 슬픔이 한꺼번에 터져버린 것 같다고 말씀하셨다.

그렇게 되면 슬픔 감정에 잠겨버리고 말아요. 자기 세계에 빠진 거죠.
꼬르륵… 맞아요…

사람과 사람은 생각보다 많은 감정을
나눌 수 없어요. 반복되면 상대는 지쳐버려요.
자신의 감정을 덜어내고 '너무 슬픈 사람'이 되지 마세요.
네…

너무 많은 슬픔은 자기 연민에 빠지게 해서
소통을 어렵게 만든다고 알려주셨다.

무엇보다도…
대체 얼마나
미성숙하고
어리석었던 거야
나는!
갸아아악
창피해

나는 그간 '너무 슬픈 사람'인 채로
사람들을 만나온 것에 대해 다양한 감정이 북받쳤다.

음
오
으~~ ~~!
아
예

미안하고 부끄럽고 고맙고 슬프고…
또다시 나에게 화가 나고 그러다 안쓰럽고…

선생님 말씀이 맞아요. 제가 그런 면이 미숙했어요.
인 정!

밀려드는 수많은 감정 속에서
내가 결심한 것은 단 하나.

'앞으로' 어떻게 해야
같은 문제가 반복되지 않을까요?

하나씩 같이 살펴보기로 해요.
많이 튼튼해졌네요.
앞으로 달라질 수 있을 거예요.
씨익

슬픔에 몰두하느라 잊었던 것들

도망쳐선 안 돼
도망쳐선 안 돼
도망쳐선 안 돼
by 이카리 신지
in <에반게리온>
주저
주저
할 얘기가 있는데
시간 괜찮니?

그 후로 나는 내가 '너무 슬픈' 상태로
만났던 사람들에게 사과를 건넸다.

함께해서
즐겁고 행복했어, 고마워.

그 과정에서 떠날 이들은 떠나보냈고

살아가며
잠시나마 같이 걸을 수
있어서 행복했어.
앞으로도
행복하고, 건강하길!

이전과 달리 떠나가는 인연에 대한 아쉬움과 불안이
많이 줄었다는 걸 체감했다.

함께해서
즐겁고 행복했어, 고마워.
숄렁숄렁..
..숄렁 알면 잘해
... oo..

남은 이들에겐 감사를 표했다.

얘들아… 이전에 내가 너무
힘들어하는 모습만 계속 보여줘서 미안해.
나 때매
힘드로찌?
에헷

그렇게 남은 인연 중
두 친구를 만나 얘기를 나누는데,

괜찮아,
인간은 원래 다 찌질해.
너만 그러는 거 아냐.
COOL
K가 남자면
11년간 3번은
고백하고
차였을 거야!
구체적으로
이상한 소리
하지 마.

어느덧 11년 지기인 K는 내게 이렇게 말했고

나는 언니가 사람을
진심으로 믿고 대하는 것도, 느끼는
감정의 폭이 넓은 것도 부러운데.
감정의 스펙트럼이
넓어서 사는 게
재밌어 보여.
엥?
내가 부럽다니…

시카고 유학생 H는 내게 이렇게 말했다.

맞아…
잊고 있었네.
나… 사는 게
좀 재밌었지.

스스로에 대한 높은 이상 때문에 눈에 들어오지 않던

나의 감정들을 짚어주는,

그런 좋은 인연들이 내게 있다는 걸,
내 슬픔에만 몰두하느라 잊고 지냈다.

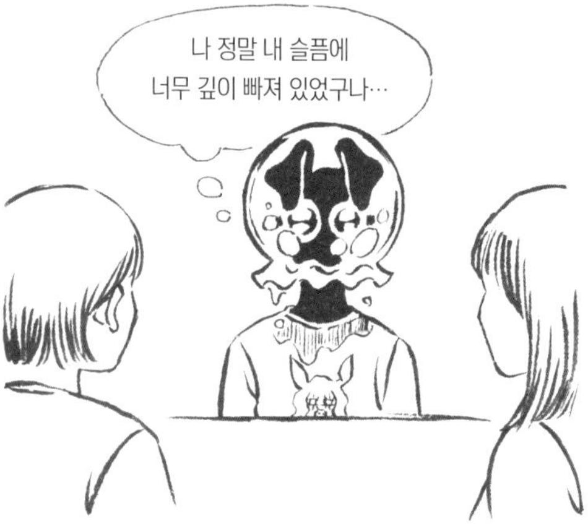
나 정말 내 슬픔에
너무 깊이 빠져 있었구나…

그동안 나누지 못했던 이야기들을 많이 듣고 많이 웃었으며,
내 몫의 불행을 쥐고 있을 수 있던 여름날이었다.

내가 나에게 해줄 수 있는 것

아프고 보니
첫바퀴 같은 일상이
안정감을 주는구먼.
강 같은
평화로다.

일하고 치료받고 운동하는 나날을
보내던 와중에 세부에 가게 됐다.

☆헷
갑분
세부

늦가을…
하고 싶은 거
다 해!
정상 사고로 돌아갈 수만 있다면!
고오오오
오오

몇 달 전, 낫기 위해 모든 방법을 총동원하다가
큰맘 먹고 지른 세부 여행.

겁이 많아서
2년 전만 해도
혼자 해외 여행은
못 했는데…

휴가철이 아닌 공항은 한적했고
그다지 면세품에 관심 없던 나는
긴 시간을 벤치에 앉아 보냈다.

혼자 있을 땐 어김없이 생각이 찾아온다.
나는 생각에 너무 깊이 빠지지 않도록 노트를 꺼냈다.

눈으로 쓰여지는 내 생각들을 보다 보면
내 생각이 어떻게 흘러가고 있는지 알 수 있으니까.

원래의 나
왕왕
내 집단
짱 좋아!
-정신승리 잘함
-소속집단 애정도 높음
(대학, 서울, 한국, 사람(?) 등)
-사는 거 좋아함
입사 후
크르
르르
회사 싫어!
사람 무서워!
언제부터?
무엇 때문에?

입사한 후, 나는 이례적으로
내 삶에 불만이 가득했다.

내가 손에 쥐려고 했던 건 실재할까 허상일까.

아니면 손에 쥘 수 있는 건 그 무엇도 없는 걸까.

고민들로부터 도피하기 위해
취업했던 건데, 결국 다시
고민들을 마주하게 되는구나.

삶을 재정비하는 시간은 불시에 찾아오고,
그 시간을 어떻게 보낼지는 순전히 내 몫이었다.

지금의 나는 그때와도 다르니
조금 더 용기를 내고 나를 믿어보자.
나는 언제든 다른 선택을 할 수 있어.
나에게 삶은
무엇일까.

백지를 눈앞에 두었을 때처럼,
그건 참 긴장되고 불안하지만 분명 설레는 일이었다.

스스로를 믿는 것

꺄
다이버 자격증 따서 바다거북이랑 수영할 거양.
버킷리스트 뿌순다!

내가 세부에 온 이유는 딱 하나, 스쿠버다이빙!

자, 1시까지 이론수업 및 수영장 실습이 진행되고, 점심 드시고 쉬다가 오후에는 바로 바다로 나갈 거예요.
오늘 바로 바다로 가는구나.

호기롭게 도전하게 된 스쿠버다이빙은 간단해 보였으나

1차 시도 실패!

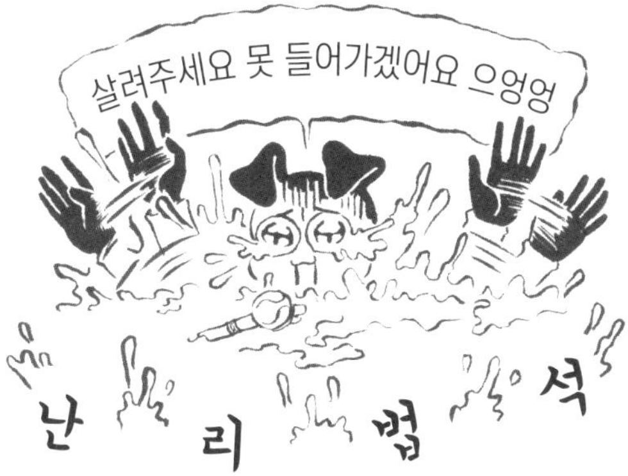
살려주세요 못 들어가겠어요 으엉엉
난리법석

2차 시도 실패!

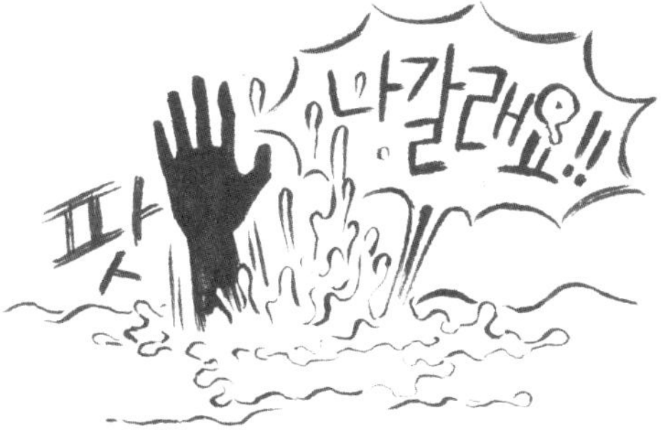
팍
나 갈래요!!

물에 대한 공포는 마음의 문제라…
멘탈이 약하면 단기간에 극복하기 어려워요.
환불받는 게 낫지 않을까요?
이렇게
패닉이
와서야.
허억
허억

버킷리스트가 무색하게, 나는 물 공포증이 있었고,
보다 못한 강사님은 내게 수강 포기를 권유하셨다.

마음 약한 게 뭐라고! 맨날 상처받고,
버킷리스트도 못 이루고, 왜 이렇게 날 힘들게 해!
버킷리스트라면서
물 공포증이 있는 줄도 모르고…
난 바보인가!
서럽쓰
서럽

마음이 약하다는 게 그 순간 얼마나 서럽던지.

저… 수영장 실습부터
한 번만 다시 해보면
안 될까요?
비
장

한참을 울다가 사무실에 전화를 걸어
한 번만 더 시도해보고 싶다고 말했다.

내가 겁내고 있는 것들은
쉽게 일어나지 않는 일들인 거…
사실 나도 알잖아? 강사님을 믿고
호흡에만 집중하자.
후

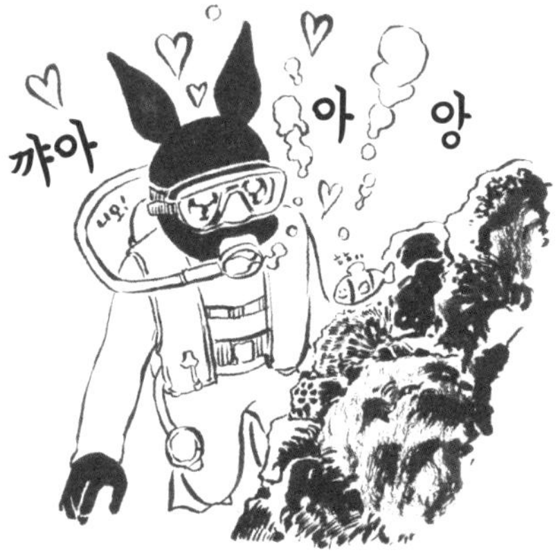
꺄아 아 앙
나오!

마침내 나에게 바다가 열렸고,

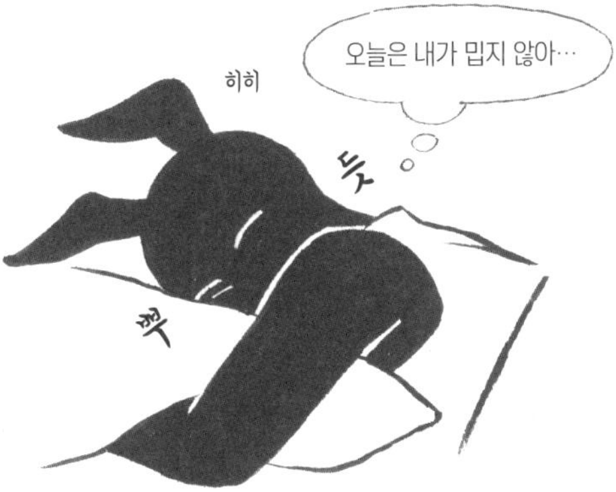
오늘은 내가 밉지 않아…
히히

나는 정말 오랜만에 배불리 먹고 푹 잘 수 있었다.

눈 매웡
찰~
랑
코로 숨 쉬면, 고글이 들려서
고글 안으로 물이 들어온다.
후-하-후-하-

스쿠버다이빙은 입으로만 호흡해야 하는데,
이게 처음에는 굉장히 낯설다.

((악순환))
호흡이 가빠짐
주거니
공기를 적게 마심
받거니
앙
으
숨 쉬기가 어려워졌다!

익숙해졌다 싶다가도 방심하면 나도 모르는 새
호흡이 꼬여 당황하게 된다.

들이쉬고
내쉬고
집중!
내쉬고
들이쉬고
들이쉬고
...
뉴비왔는가

그러다 보니 몸이 충분히 익힐 때까지
호흡에만 집중하게 되는데 그 과정이 명상에서 호흡을
관찰할 때와 유사하게 느껴졌다.

들이쉬고, 내쉬고
그것만 하면 돼…

호흡 꼬이면
X 된다…
익숙해졌다고
돌아다니다가
호흡 꼬여서
급상승할 뻔
깝치지 말고
집중해야지…
살기 위한
집중

바닷속에선 외부 소음이 차단되고 몸이 긴장해서 그런지
숨을 들이쉬고 내쉬는 것에 몰입하기가 수월하다.

내 호흡 소리와
끝이 없는 푸른 공간뿐.
후
하

한참을 숨을 들이쉬고 내쉬는 것에만 집중하다 보면
순간적으로 잡념이 사라지는데,

이 짧은 순간이 어쩌면
명상을 통해 얻을 수 있는 여백인가 싶었다.

그 순간이 지나고 수면 위로 나오면
꿈을 꾼 듯한 기분이 들어 한참을 바다만 바라봤다.

난 무엇 하나
조용히 배우는 게 없구나.
하하…
가성비 안 좋구만~

경험 없이 깨우칠 만한
지혜와 현명함은 부족했지만,
경험을 통해 배울 만큼 충분한
갈증이 준비되어 있었다.

. . .
이젠 정말,
내가 원하는 삶을 살아보자!
나는 분명
부딪히고 깨지는 만큼
배울 수 있을 거야.

각자의 터널을 지나는 방법

한국으로 돌아가기 전,
다이빙 스쿨에서 만나 친해진 언니와
카페에서 이야길 나누게 됐다.

여행 와서 액티비티도 좋지만~ 이렇게 카페에서 여유 있게 있는 것도 좋아해.
아, 아메리카노♡ 살 거 같다♡
그러게요. 저도 좋네요!

큰 선박회사에서 일했던 언니는 퇴사 후
자신을 돌아보는 시간을 보내고 있었다.

전공을 살려 꽤 좋은 직장에 들어간 거였어. 상사들과 나이 차도 많이 나고 성별도 달랐지만 힘든 걸 표내는 성격이 아니어서 인정도 받고, 승진도 하고…
하하

나도 내가 괜찮은 줄 알았는데… 속으로 쌓였던 건지.
어느 순간 '아 더 이상 못하겠다'
라는 생각이 들더라고.

열심히 주어진 과업들을 해내왔고 인정도 받았지만
점점 더 마음이 힘들어졌던 시간들…

그래서 퇴사 후에 내게 더
잘 맞는 일을 찾고 있는 중이야. 지금은 카운슬링에
흥미가 있어서 그쪽을 알아보고 있고!

직업도 사정도 사는 곳도 다르지만
우리는 비슷한 고민을 하고 있었다.

언니… 잘 어울려요!
언니랑 정말로 잘 맞을 거 같아요.
꺄♡
어머 정말?
고마워!♡

여행 기간 내내 밝고 활기찬 모습을 보여준 언니는
덤덤하게 자기 이야길 꺼낸 뒤 환히 웃었다.

우리는 터널을 지나고 있는 게 아닐까?
누구나 한 번쯤 겪고, 통과하게 되는 그런 터널.
…
터널…

홀로 고립되어 갈피를 잃은 것 같던 나는

터널 안에서 멈춰 선 채로 있었던 건지도 모르겠다.

하지만 모든 터널엔 끝이 있다.

다녀왔습니다!
저 이제
운전면허 말고도
자격증 있어요!

각자의 터널을 지나오면 다시금
서로 반갑게 인사 나누길 바라며,
나는 서울로 돌아왔다.

다르게 살기 위해 어떤 노력을 해야 할까 (여덟 번째 상담)

자…
오늘이 마지막인데 이제 어떻게 할까요?

회사에서 지원해주는 상담은
오늘로 마지막이다.

일상생활에 지장이 없을 정도로 좋아진 거 같긴 한데… 이후는 늦가을 씨의 선택에 맡길게요.
음…

여덟 번의 상담을 통해
나는 예전으로 돌아갔다.

확실히 좋아진 거 같긴 해요.
전처럼 많이 웃기도 하고, 행복하다는
감정도 종종 들고…

작은 것에도 즐겁고 행복해지며,
언제든 쉽게 상처받을 수 있는 예전으로.

그러니까 지금은 되돌아볼 수 있을 거
같아요. 제 상처를 바로 볼 수 있을 만큼
튼튼해진 것 같아요. 그게 필요하다면!

그래요, 그럼 다음부터
같이 알아가 봐요. 분명 도움이 될 테니.
많이 컸죠?
당분간
잘 부탁드려요.
기특한데?

나를 더 알아가기로 했다.

이제 제법
여름밤 냄새가 나네.
내가
제일 좋아하는
여름 ♡

윽 맞다.
오늘은 하체운동하는 날이네.
요새
야근이 많았는데
잘 되려나…

이때가 아직 6월, 더위가 미처 오지 않았고,
꾸준히 운동한 지 6개월이 되었을 때.
인바디 점수가 딱 1점 올랐다.

뭐… 못하면
다음에 잘하면 되지!
히히

내 마음도 아마 1점만큼 자랐겠지.
그거면 충분하다.

아, 좋다!
꺄 ♡

4장 우울과 함께 걷는 것

항상 맑으면 사막이 된다.
비가 내리고 바람이 불어야만
비옥한 땅이 된다.
– 스페인 속담

벌써 7월이라니…
한 해가 반이나
지났잖아?
7
이제야
정신이 좀 드네…

오랜 시간 동안 마음이 아프고 나니
내가 무엇을 좋아하는 사람이었는지 헷갈렸다.

뭐… 딱히 하고 싶은 게
있는 것도 아니니까…
상관 없나?

내가 사랑하는
여름이 오는 줄도 몰랐구나.
이렇게나
뜨거운데…

기나긴 감정의 파도로 지친 마음은 쉽게 미동조차 하지 않고
설레던 감정들은 샅샅이 흩어져 좀처럼 한 데로 뭉치지 못했다.

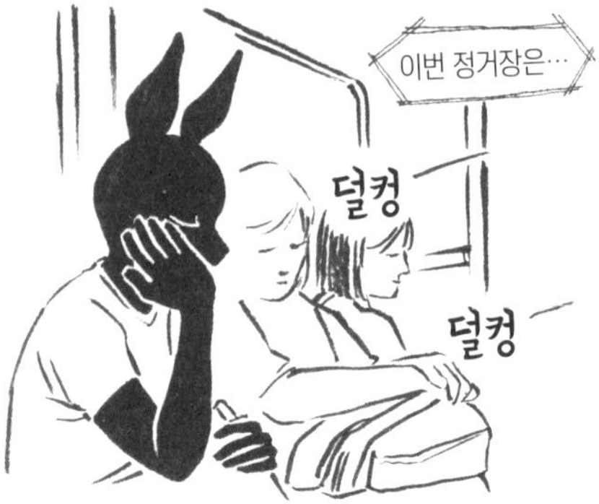
이번 정거장은…
덜컹
덜컹

그렇게 한참을 하루 일과를
충실히 보내는 데에만 시간을 들였다.

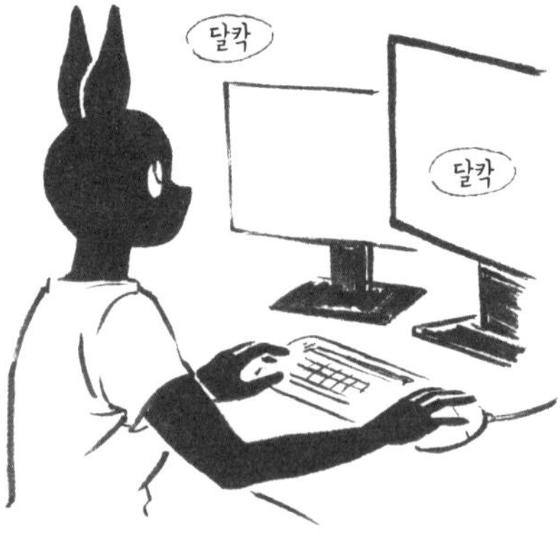
달칵
달칵

하루 종일 누워 있고 싶지만
그럼 분명 저녁에
우울감이 밀려올 거야.
부스스
그리고 난
우울감을 이길 상태가
아니지… 일어나자!

생각이 좀처럼 깊어지지 않아,
마음이 아프지도 고되지도 않았지만
내가 좋아하는 것들을 되찾기까지 시간과 노력이 필요했다.

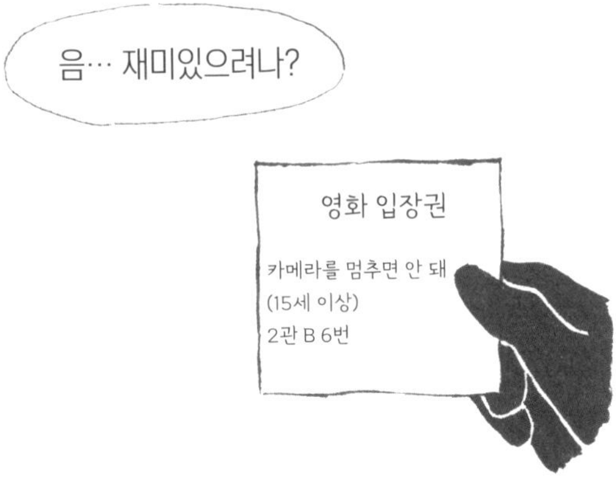
음… 재미있으려나?
영화 입장권
카메라를 멈추면 안 돼
(15세 이상)
2관 B 6번

재밌다!
콩닥
콩닥

다시금 좋아하는 것들이 내 마음을 달래줄 때

나의 기호가,

나는 이야기가 좋아
나도 좋은 이야기를 만들고 싶어.
그렇게 생각하니,
할 것도 볼 것도 너무 많네.

나를 견고하게 해준다는 걸 알았다.

무너지는 순간이 또 찾아오더라도

그렇게 모든 것들이 궤도에 오르고
평온한 날들을 보내다가 작은 충격에도
마음이 무너지는 일들이 있었다.

어김없이 무너진 마음에 대한
당혹스러움, 좌절감, 원망, 분노,
그리고 슬픔…

거기에 마음이 아플 때 뒤따르는
신체의 고통까지.

여덟 번의 상담을 마치고도
한참을 울어 얼얼한 입안을 부여잡고
뜬눈으로 지새운 밤들이 있었다.

또 마음이 이렇게
불안하고 아프네.
이 불안은 실체가 있는 걸까.
정말 내가 못 이겨낼 일이고,
불안일까? 그런 게 있을까?
내가 지금 할 수 있는 건 뭐지?

다만 이전엔 격렬한 고통 때문에
다신 바닥에 발을 못 붙일 것처럼 몸부림쳤다면,

할 수 있는 게 없다면
나오는 눈물만 흘려보내고 그만 울자.
결국 불안도 내 마음일 뿐이야.
보글
보글

이제는 아무리 거대한 파도라도
지나갈 거라 믿고 침잠할 뿐.

쏴—아

살아가는 동안 내 마음의 바닥엔
크고 작은 파도가 칠 것이고

나는 이따금씩 이 파도에 넘어져

한참을 주저앉거나 빠져버릴지도 모르지만

그 깊은 바닷속에 머무는 법을 배웠다.

우울이 가르쳐준 것들

어느 쪽으로
가야 하지?

돌이켜 보면 한참을 경계에 서 있었다.
죽지 못해 살았고 살지 못해 죽은 것 같던 날들이었다.

어느 쪽으로도
가기 싫어

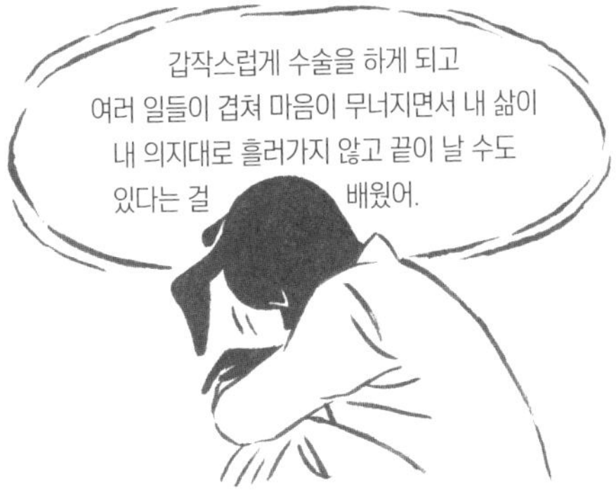
갑작스럽게 수술을 하게 되고
여러 일들이 겹쳐 마음이 무너지면서 내 삶이
내 의지대로 흘러가지 않고 끝이 날 수도
있다는 걸 배웠어.

경계선 위에 머물며 나는 내가 쥐고 있던 것들에 시선이 갔다.
내 삶이 끝난다면 나는 무엇이 가장 아쉬울까.

소외되는 게 두려워서
내가 중요하다고
우선시하지 않고
살아온 것.
생각하는 가치들을
남들 기준에 맞춰서
그게 가장 아쉬워.

나는 의미와 가치를 중요시 여기는 사람이야.
내 생각보다도 더. 현실에 눈 돌리진
않더라도, 내 이상을 무시하진 말자.
내가 원하는 삶을 살아보자.

내 삶이 지속된다면 나는 무엇이 가장 중요할까.

부
안정
명예
슈-웅
다 가지면 좋겠지만 욕심부리지 말고 내게 가장 중요한 것들만 남겨보자!
자유
책임 사랑

놓아버리면
마냥 아쉽고 무서울 줄
알았는데… 가볍고
홀가분하기도 하네!
좀 더 멀리
가볼 수 있겠다!

욕심부리며 쥐고 있던, 쥐려 했던 많은 것들을 살폈고
커다랗게 보였던 꼬이고 뒤틀린 문제와 생각들도
한참을 풀다 보면 그 크기가 작아지지 않는 게 없었다.

남들이 가지 않은 길로
나아가 나만의 길을 걷는 건
분명 엄-청 고생하게
되겠지. 힘들 거야 분명.
잠시나마
즐거웠다
월급아!

결국, 내가 두려워했던 많은 것들은…

Nothing's gonna change my world.
아무것도 내 세상을 바꿀 수 없어.

- Beatles <Across the universe>

마음이 아는 것과 머리가 아는 것

이번 상담도
잘 마쳤네. 다음은…
3 아니 4주 뒤…
후우

마음이 병들면서 가장 놀랐던 사실 중 하나는,
나 역시 우울증에 선입견을 가진 사람이었다는 것.

그래도 역시
조금은 아쉬움이 남는 거 같아.
더 일찍 치료받을걸.

난 그런 거에 거부감이나 편견 없어!
아마?
헤헤
개방적인 환경에서 자라고 교육받음
치료받는 지인들이 있음

머리로는 정신병원이나 상담소에 대한
편견이 없다고 생각해왔는데,

하지만!
나는 아니야!
아닐…걸?

막상 내 우울 앞에선 한없이 현실을 외면했다.

멀쩡히 사람들과
잘 어울리다가
갑자기
눈물이 쏟아지고
좀처럼
멈추지
않았다.
어…?

돌이켜 보면 마음이 주는 경고가 꽤 오래였는데도
'나 정도로 무슨 치료를 받아 별거 아닐 거야!' 하고 넘기곤 했다.

다들 힘든 거 참아가며
사는데 뭐…

우울증이라고 해서 모두가 24시간 매분 매초가 우울한 것도 아니고
괜찮다가도 순간의 충동을 못 이길 수도 있는 마음의 병이었다.

왜 살아야 해..?

겪어봐야 아는 게
참 많네… 나 정말
헛똑똑이였구나…

머리로는 아는 지식이 지혜가 되려면 경험이 필요했다.
나에겐 훨씬 많은 경험이 필요하다.

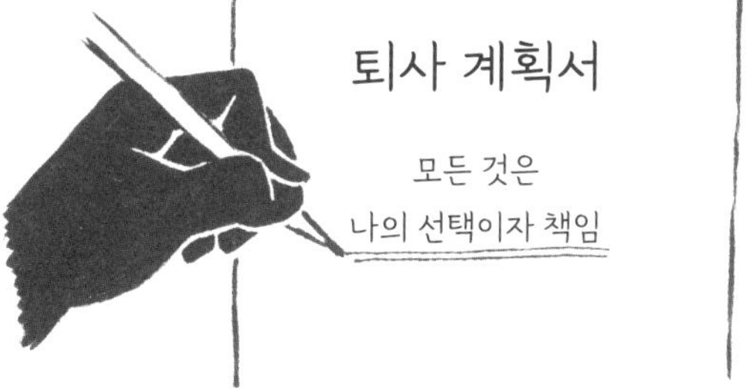
퇴사 계획서
모든 것은
나의 선택이자 책임

나를 되찾는 법

처음 치료받은 날처럼
다시 날씨가 추워졌네…

한 해 동안 나를 돌아보며
마음을 치료한 경험은 귀중하지만
사람 마음이 참 간사해서
시간이 지날수록 나를 속이게 된다.

힘들었던 건 분명한데
솔직히 얼마나 힘들었는지는
기억이나 느낌이 희미해.
뇌가 기억하기
싫은 걸까?

그렇게 괴롭고 고통스러웠는데
이렇게 지나갈 거였으면
왜 그렇게까지 아팠던 걸까.

너무 괴로워서 낫고 싶었지만
한편으로는 충분히 아프고 싶었던 걸까…
주륵

살아가며 다시 힘든 일이 생길 거고
가끔은 아프기도 하겠지.
그래도
다시는 그렇게
아프고 싶지 않아.

일련의 시간들을 망각하고
내 마음을 져버리며 살다 보면,
분명 다시 아프게 될 걸 알아서
나는 내 우울을 잊지도
외면하지도 않기로 했다.

빼꼼
저기…
계세요?

저… G 소개로
저번에 예약한 김늦가을인데요.
아, 네네.
이쪽으로
오세요-

오, 생각 외로
안 아파요.
하하… 근데 하시는
타투 의미가 정말 공감가기도
하고… 좋네요.
안 심
헤 헤
제가 원래
안 아프게
잘해요!
위 잉

우울과 불안을 머리가 아닌
발치에 두고 함께 살아간다… 였죠?
위
잉
발목에 타투하는 중.

내가 사랑하는 이들을 위해
내가 사랑하는 나를 위해
내 우울을 머리가 아닌 발치에 둘 것이다.

네…
*우울은 누구에게나 언제든 올 수 있으니까.
잘 공생하잔 의미로?
헤헤

"평생 나를 따라다니던
검은 개(우울증)가 있었다."
- 윈스턴 처칠

내 마음의 주인은 우울이 아니다.

마음이 약해서 할 수 있던 것들

나는
마음이
약해

나는 내가 마음이 약한 걸 알아서,
그 생각이 긴 시간 동안 마음을 괴롭혔다.

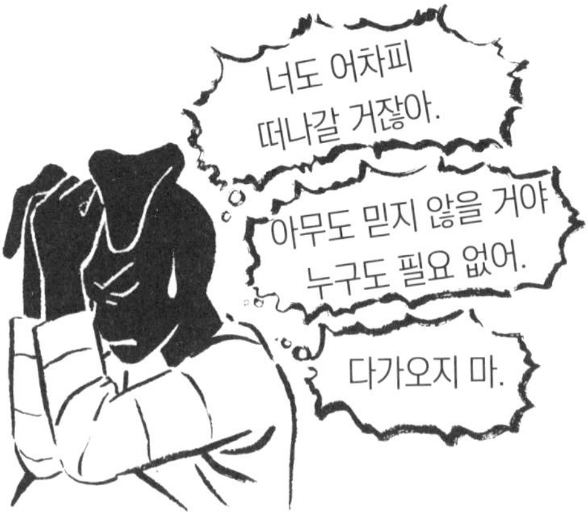
너도 어차피
떠나갈 거잖아.
아무도 믿지 않을 거야
누구도 필요 없어.
다가오지 마.

'마음이 약해서' 다른 사람들을 힘들게 하고

넌 평생 그렇게 남 눈치만 볼 거야.
아니야…

'마음이 약해서' 상처받고도 날 돌볼 줄 모르고

'마음이 약해서' 우울증에 걸린 거라고…

이대로 가다간
모든 게 엉망이
되고 말 거야…
나는 이미
많이 지쳤어.

한참을 스스로 원망하며 다그쳐왔다.

하지만,
그러니까,
내가 나를
위로해야 해.
내가 가장
잘하는 방법으로!

나는 지금 어떤 기분이지?
무슨 마음이고 어떤 것에
상처를 받은 거지? 풀어보자.
타닥,
탁
탁

'마음이 약해서' 받은 상처들은
SNS를 통해 사람들과 나눌 수 있었고,

위로 받았어요.
고마워요.
공감가요!
제가 훨씬
더 많이 고마워요!

'마음이 약해서' 작은 공감과 위로나마 건넬 수 있었다.

이야기만큼
나를 위로해주는 건 없어.
나도 사람들을
위로해주고 싶어.

나는 평생 동안 내 이야기로 위로를 건네는 것이 꿈이었고,
내 꿈은 내가 나일 때 이루어졌다.

띠리리 - 삑!
작가님! 연락드렸던
출판사인데요.
아! 네,
거의 다 왔어요!
곧 뵙겠습니다!

그렇게 특별한 계기도

이렇다 할 사건도 없이

어느 순간 나는 다시 행복해졌다.

행복이 영원을 의미하진 않아서

쾌지나 징
...
징
최종수정
진짜수정
또 수정
수정 요청
징
수정 요청
지잉
똬앙

나는 다시 이따금씩 울기도 하고

넵! 수정하겠습니다!
톡.. 톡..

힘들고 지쳐서 우울해지기도 하겠지만,

그래! 퇴사 전에
많이 벌지 뭐!
와-
야근수당
주말수당
다 내 거!
주륵
하하!

그리곤 다시 행복해질 것이다.

야근할 때 혼자서도
맛있는 거 먹어야지!
비-싸고
몸에 좋-은 거!
그래도 나,
전보다
쬐~끔은
강해졌네!

그렇게 나는 '혼자서도 행복한 사람'으로,

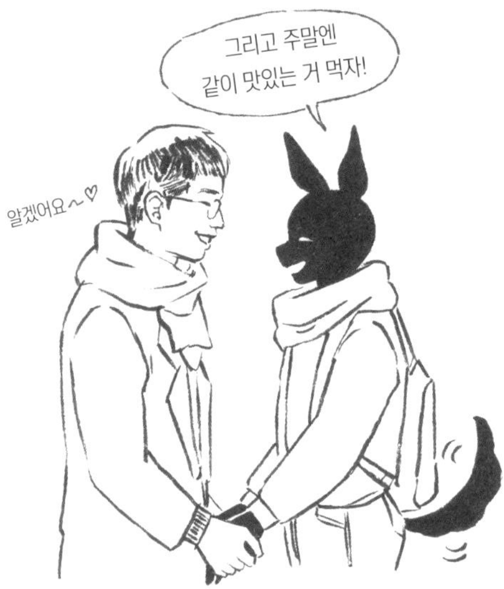
그리고 주말엔
같이 맛있는 거 먹자!
알겠어요~♡

함께여서 감사한 사람들 곁에서

오늘도
고생 많았어요♡
히히
고생은요~

이번 주말엔
어디 갈까?
글쎄- 어디 가고 싶어?
먹고 싶은 건?

퐁
나 인도커리!
맛있는 곳
찾아줘요.
알았어요.
열심히 찾아볼게!

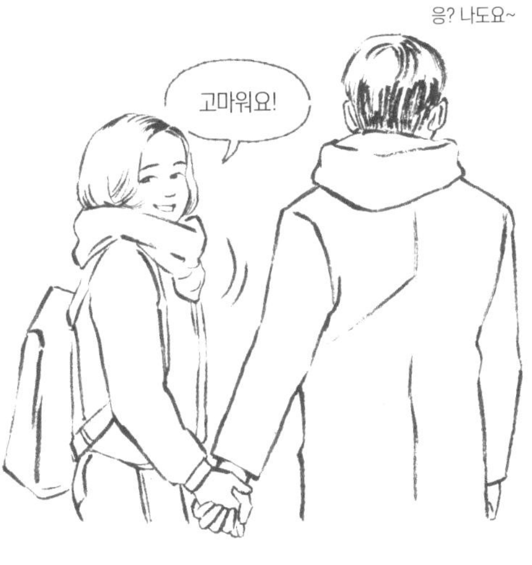
응? 나도요~
고마워요!

오늘을 살아가고 있다.

디어 마이 블랙독

용기 있는 자로 살아라.
운이 따라주지 않는다면
용기 있는 가슴으로 불행에 맞서라.
- 키케로

에필로그

#친애하는 나의 우울에게

나는 어린 시절의 상처로 긴 시간을 깊은 우울에 빠져 있었다.
큰 바위를 끊임없이 산꼭대기로 옮겨야 하는 시시포스처럼
우울증이 심했던 나는 같은 사고를 반복하며 괴로워했다.

"너는 결국 다시 우울해질 거야."
"넌 결국 혼자가 될 거야."
"네 인생은 결국 비참했던 어린 시절처럼 반복될 거야."
"넌 평생 이렇게 병든 마음을 안고 살아갈 거야."

거센 충동이 여러 번 지나간 후에야
나는 심각성을 깨닫고 치료를 결심할 수 있었다.

치료를 마음먹고 시작하기까지 꽤 오랜 시간이 걸렸다.
치료를 받으면서도 마음은 눈에 보이지 않아,
나아지고 있나 가늠하기조차 어려웠다.
치료를 받는 그 중간중간에도 끊임없이
우울이 나를 덮쳐 왔고,
마음은 시도 때도 없이 무너져 내렸다.
그렇게 끝없이 괴롭고 고통스러운 과정 중에
내가 포기하지 않은 건 하나였다.

'절대 나를 치료하는 이 과정을 멈추지 않을 것'이란 나와의 약속.

꾸준한 상담과 치료를 통해 나는 아주 천천히
그리고 조금씩 예전의 모습을 되찾았다.
작은 것에도 즐겁고 행복해지며
언제든 쉽게 상처받을 수 있는 예전으로.

나는 상처받은 어린 시절로 회귀하는 생각을 멈췄다.
나는 나를 힘들게 한 이들을 원망하는 것을 그만두었고,
나 자신을 미워하고 사랑하지 못한 것을 반성하게 되었다.

그러나 앞으로도 종종
나는 꼬리에 꼬리를 무는 우울한 생각에 잠길 것이고
도무지 빠져나올 수 없는 슬픔에 젖어
어린아이처럼 울기도 할 것이며
다툼이 생겼을 땐 나를 지키기 위해 화를 내고
가끔은 나 자신을 야속해하면서
나를 덜 좋아하는 날들이 있을 것이다.

그러나 나는 지금 이 순간 우울로부터 벗어나기 위해
과거의 상처를 이겨내기 위해
나 자신을 지금 이대로 인정하기 위해
노력해온 나를 사랑한다. 사랑하기로 했다.

살아가는 일에는 내가 원하든 원하지 않든
크고 작은 불행이 함께할 걸 알아서
또다시 찾아올 수 있는 우울이 나를 물어뜯지 못하도록
우울과 함께 걷는 법을 고민하고 있다.
나는 내 삶의 주인이 우울이 되지 않게 할 것이다.

누구나 저마다의 우울이 있어서
우울과 걷는 길을 대신해줄 순 없지만
같은 시간, 닮은 공간 속에서
그 길을 걷고 있는 사람이
걸었던 사람이 있다는 이 이야기가 위로가 되길 바란다.

그리고 무엇보다
이 글을 읽는 당신이 더 많이 웃고 행복하면 좋겠다.